BASTEI LÜBBE

BARBARA CARTLAND

Gefährliches Doppelspiel

Aus dem Englischen
übersetzt von Esther Facius

BASTEI LÜBBE

BASTEI LÜBBE-TASCHENBUCH
Band 11436

1. Auflage 1989
2. Auflage 1994

Deutsche Erstveröffentlichung
Titel der Originalausgabe: FIRE IN THE BLOOD

Printed in Germany
Einbandgestaltung: Roland Winkler
Titelfoto: Norma, Barcelona
Satz: „Die Letter", Hausen/Wied
Druck und Bindung: Ebner Ulm
ISBN 3-404-11436-1

Der Preis dieses Bandes versteht sich einschließlich
der gesetzlichen Mehrwertsteuer

1898

1

Pandia rückte den selbstgebundenen Kranz auf dem frischen Grabhügel zurecht und stellte betrübt fest, daß schon alle Blumen dem Dezemberfrost in der vergangenen Nacht zum Opfer gefallen waren.

Aber es war sowieso kein sehr prächtiger Grabschmuck gewesen. Zum größten Teil hatte er aus kleinen Papierrosensträußen oder winzigen Mistelgebinden bestanden. Nur der Vikar stiftete einen Kranz aus weißen Chrysanthemen und der Doktor, der den Vater während seiner letzten Krankheit betreut hatte, einen Kranz aus gelben.

Pandia konnte sich nicht helfen: In ihren Augen war die ganze Beerdigung kein sehr eindrucksvoller Tribut an einen Mann gewesen, der allen, die lernbegierig genug waren, so vieles an Wissen und Inspiration hätte vermitteln können.

Voller Bitterkeit sagte sie sich, daß es heutzutage kaum noch Menschen zu geben schien, die sich für alte Sprachen, besonders für Griechisch, interessierten. Und weil dies so war, galt auch ein Mann wenig, der auf diesem Gebiet eine Koryphäe gewesen war und dessen intellektuelle Fähigkeiten das normale Maß weit überragt hatten.

Pandia hatte ihren Vater geliebt. Er war nicht nur ein

gelehrter, sondern auch ein gutaussehender Mann gewesen. Schön sogar noch im Tod, bevor man ihn in den Sarg gebettet hatte.

Sie verstand ihre Mutter nur zu gut, die den Mut aufgebracht hatte, mit ihm einfach von zu Hause fortzulaufen, obwohl ihr klar gewesen war, daß sie sich damit für den Rest ihres Lebens den Zorn und die Ächtung ihrer feudalen Familie zuziehen würde.

Vater und Mutter waren sehr glücklich miteinander gewesen. Ein tröstlicher Gedanke für Pandia, der sie um so mehr beruhigte, als sie fest davon überzeugt war, daß der Tod die beiden nun für immer vereint hatte.

Dennoch war ihr sehr einsam ums Herz, als sie den Friedhof verließ und langsam zu dem kleinen Tudor-Haus am Rand des Dorfes zurückging, in dem sie seit ihrer Geburt lebte.

Es war nicht groß, aber sehr schön. Und als ihre Mutter noch gelebt hatte, war es ein Haus voller Liebe und Frohsinn gewesen, die seit heute – das spürte Pandia mit erschreckender Gewißheit – für immer daraus entschwunden waren.

Mein Gott, wie viel Freude hatten sie miteinander gehabt!

Die Erinnerung war plötzlich so lebendig in ihr, daß sie beim Aufschließen der Tür das fröhliche Lachen ihrer Eltern zu hören glaubte, die sich in dem kleinen Raum aufhielten, den der Vater sein Studierzimmer nannte und in dem er viele Stunden des Tages und der Nacht zu arbeiten pflegte.

Und ebenfalls war ihr, als öffnete sich die Tür des Salons und ihr naturgetreues Ebenbild käme ihr entgegen.

Selene.

Schon der Gedanke an die Zwillingsschwester, den sie meist tief in ihr Unterbewußtsein verdrängte, bedrückte Pandia.

Obwohl sie halb damit gerechnet hatte, daß Selene zur Beerdigung des Vaters nach Hause kommen würde, sagte sie sich jetzt, da alles vorüber und die Schwester nicht erschienen war, daß es eine höchst lächerliche und dumme Idee gewesen sei.

Pandia nahm den Umhang von den Schultern, der, so schwer er auch war, sie nicht vor dem beißenden Dezemberwind geschützt hatte, und hängte ihn an die Garderobe. Ein Frösteln durchlief ihre schlanke Gestalt.

Sie betrat das Studierzimmer, das sich wegen seiner geringen Wohnfläche von allen Räumen im Erdgeschoß am leichtesten heizen ließ, und stellte dankbar fest, daß Nanny während ihrer Abwesenheit wie erwartet Feuer im Kamin gemacht hatte.

Die Flammen umzüngelten die dicken Eichenscheite und tauchten den abgenutzten Ledersessel, in dem ihr Vater stets gesessen hatte, in ein warmes Licht.

Sekundenlang glaubte Pandia, den Vater vor sich zu sehen.

Dann aber sagte sie sich, daß Menschen, die in Trauer sind, oft zu Visionen neigen oder glauben, Stimmen zu hören. Sie gab sich einen Ruck und rief sich zur Ordnung.

Sobald sie sich ein wenig aufgewärmt hatte, würde sie sich an den Schreibtisch setzen und in ihrer klaren, kunstvollen Handschrift die letzten Abschnitte der Übersetzung niederschreiben, die ihr Vater angefertigt hatte, bevor er krank geworden war.

Sie bat Gott, daß der Verleger, der bereits zwei von

Vaters Manuskripten angekauft hatte, auch dieses nehmen würde. Auch, wenn es nur ein kleines Honorar dafür gab.

Doch es ging ja nicht nur um Geld, so nötig Pandia es auch brauchte. Es ging darum, daß es für ihren Vater eine große Freude gewesen wäre, zu wissen, daß ein weiteres kleines Bändchen seines Lebenswerkes in den Druck gehen würde und allen, die daran interessiert waren, zur Verfügung stand.

»Ich frage mich, wie es kommt, daß Papas Arbeiten, die so hervorragend und voller Gedankentiefe sind, nur so wenige Käufer finden, während der schrecklichste Schund von den Leuten regelrecht verschlungen wird«, murmelte Pandia, und es war eine Frage, die sie sich schon oft gestellt hatte.

Dann lachte sie, weil sie die Antwort darauf längst kannte, und fuhr laut fort:

»Du weißt, Papa, wenigstens ich mag deine Übersetzungen, und Mama hat sie auch gemocht. Vielleicht wird man dich eines Tages doch noch entdecken und dir die Ehre angedeihen lassen, die dir gebührt. Schließlich stehst du ja mit diesem Schicksal nicht alleine da. Vielen großen Schriftstellern ist es so ergangen!«

Es war ein Wunschtraum Pandias: Wie oft hatte sie sich in der Vergangenheit schon erhofft, ihr Vater möchte wie Lord Byron über Nacht ein berühmter Mann werden.

Dann wären die Menschen in hellen Scharen zu Pandias Elternhaus gepilgert, um den großen Gelehrten zu sehen, und einer der Besucher hätte sich als der Abgesandte einer berühmten Universität des Landes entpuppt und dem Vater einen Lehrstuhl angeboten.

Und weil Märchen nie enden, hatte Pandia sich ausgemalt, daß auch sie zum Unterrichten herangezogen würde und die Sprache mit der gleichen Brillanz und dem gleichen Können lehrte wie ihr Vater.

Sein Tod hatte sie jäh aus ihren Träumen erwachen lassen. Nie würden sie Wirklichkeit werden.

Ihr Vater würde ein unbekannter Lehrer bleiben, dessen Name in der internationalen Gelehrtenwelt niemals Bedeutung erlangte.

Die Bücher, die er schrieb, fanden kein Echo, lösten keine Begeisterung aus. Und auch bei seinem Verleger stießen sie höchstens auf ein gelangweiltes Interesse, das oft noch kränkender war als eine ehrliche und entschiedene Ablehnung.

Die Geldsumme, die sie einbrachten, war winzig klein, eigentlich kaum der Rede wert, und Pandia dachte oft, daß sie bitteren Hunger gelitten hätten, wenn da nicht das geringfügige Einkommen gewesen wäre, das aus einem Erbe ihrer Mutter stammte.

Die Mutter hatte nämlich ein kleines Vermögen besessen und dieses vor ihrem Tod den beiden Zwillingen überschrieben.

Auf eine Weise, dachte Pandia, ist es ein Glück, daß Selene auf ihren Anteil keinen Wert gelegt und zwei Tage nach der Beerdigung der Mutter das Haus verlassen hatte.

Sogar jetzt noch, nach drei Jahren des Schweigens, empfand sie ein Gefühl der Fassungslosigkeit darüber, daß Selene ohne ein Wort des Abschieds von ihnen fortgegangen war. Lediglich eine kurze schriftliche Nachricht hatte sie zurückgelassen.

Noch jetzt sah sie den Ausdruck der Bestürzung und des Entsetzens auf den Zügen des Vaters, als wäre es gestern gewesen.

Immer noch verspürte sie jene seltsame Leere, die sich in ihrem Inneren ausgebreitet hatte, als sie Selenes Worte las:

Ich gehe fort, um Mamas Verwandte zu suchen und sie zu fragen, ob ich bei ihnen wohnen kann. Dieses trübsinnige kleine Nest langweilt mich, und die Armut und Bedürftigkeit, die hier im Hause herrschen, kann ich nicht länger ertragen.

Bitte, versucht nicht, mit mir in Verbindung zu treten, um mich umzustimmen. Ich habe meine Entscheidung getroffen und werde sie nie mehr ändern.

Selene

Das war alles gewesen.

Kein Wort der Zuneigung, nicht die Spur des Bedauerns für ihren Vater, der sie immer von Herzen geliebt hatte. Kein Wort für ihre Zwillingsschwester, die bis zu diesem Zeitpunkt geglaubt hatte, sie wären untrennbar verbunden gewesen.

In Wirklichkeit hatte Selene sie nie geliebt – eine bittere Erkenntnis für Pandia.

Sie war nämlich der Meinung gewesen, daß sie und Selene so eng aneinander hingen, daß nichts auf der Welt sie zu trennen vermochte. Und sie hatte fest geglaubt, Zwillinge wären anders als andere Menschen.

Da sie äußerlich einander so sehr glichen, daß niemand sie auseinanderhalten konnte, war es schwer für Pandia, der Wahrheit ins Gesicht zu schauen und sich darüber klarzuwerden, daß es außer der körperlichen keine andere Ähnlichkeit zwischen ihnen gab.

Nach Selenes Weggehen hatte sich Pandia an so manches erinnert, was sie vorher vielleicht nie richtig hatte wahrhaben wollen. Immer schon war die Schwester sehr ehrgeizig gewesen, hatte sich gesellschaftliches Ansehen gewünscht und das stille Leben, das sie führten, verabscheut.

Wenn sie allein gewesen waren, hatte Selene oft genug gesagt:

»Wie konnte Mama so etwas nur tun? Von zu Hause wegzulaufen und das angenehme, luxuriöse Leben aufzugeben, das sie dort führen konnte!«

»Sie hat Papa eben geliebt!«

»Aber er war doch nur der Erzieher ihrer Brüder!«

»Papa stammt aus einer vornehmen ungarischen Familie«, verteidigte Pandia ihren Vater. »Sie mögen nicht reich gewesen sein, aber in ihren Adern floß blaues Blut, wenn es das ist, was dich interessiert.«

»Warum sollte mich das schon interessieren?« fauchte Selene. »Es ist kein Trost, sich vorzustellen, daß Mama das Leben in einer reichen englischen Adelsfamilie aufgab und es gegen die Ehe mit einem adligen ungarischen Hungerleider eintauschte.«

Pandia war wie unter einem Hieb zusammengezuckt.

»So solltest du nicht reden, Selene! Das ist gemein gegenüber Papa, der so edel und so gelehrt ist. Seine Übersetzungen aus dem Griechischen sind ganz hervorragend.«

Selene zuckte die Achseln.

»Wer außer dir und Mama denkt so?«

Sie sprach mit beißendem Hohn in der Stimme, und Pandia hatte das unbehagliche Gefühl, daß ihre Schwester die Mutter verachtete, weil diese in ihren Augen etwas unverzeihlich Dummes getan hatte, unter dem sie nun leiden mußte.

Oft, wenn der Vater nicht zu Hause war, hatten sie ihre Mutter gebeten, von ihrer Kindheit und Jugend zu erzählen, die sie in dem großen georgianischen Haus in Oxfordshire verbracht hatte.

Mutters Vater war Lord Gransden gewesen, ein sehr einflußreicher Mann nicht nur in der Grafschaft, sondern auch bei Hof.

Er war oberster Jagdleiter, Lord Lieutenant von Oxfordshire und eine Persönlichkeit, zu der – wie ihre Mutter voller Stolz sagte – jedermann voller Respekt aufschaute.

Weil ihre Mutter sein Bild so lebendig zeichnete, wurde der Großvater für Pandia ein Mensch aus Fleisch und Blut, und sie lauschte gebannt den Erzählungen von den vielen Gartenpartys, den erlesenen Dinnergesellschaften und den Jagdbällen, die der Großvater veranstaltet hatte.

Dann gab es die Ballgesellschaften, zu denen ihre Mutter eingeladen worden war. In Oxfordshire und in London. Und als Debütantin hatte sie vor der Königin im Buckingham-Palast den Hofknicks machen dürfen.

Für Pandia klang all das wie die Geschehnisse aus einem Märchen, und erst später hatte sie festgestellt, daß sich Selene bei den Erzählungen der Mutter vorgekommen war wie eine unschuldig Verstoßene, die das Paradies verloren hatte und untröstlich war, weil dessen Tore ihr für immer verschlossen bleiben würden. Und der Mutter gab die Schwester dafür die Schuld. Mit ihrer unbedachten Heirat hatte sie ihren Töchtern all das genommen.

»Ich möchte zu Tanzvergnügungen gehen, wenn ich alt genug bin«, hatte Selene gewütet, als sie nach einer von Mutters Erzählungen wieder allein in ihrem

Schlafzimmer waren. »Ich will in einem großen Haus leben, Pferde haben, um auszureiten, jeden Tag Dinnerpartys geben oder besuchen. Und natürlich möchte ich viele elegante Kleider besitzen und nicht diese armseligen Fetzen, die wir jetzt am Leib tragen!«

Bei diesen Worten rannte sie wie eine gereizte Tigerin im Zimmer auf und ab und starrte wütend in den Spiegel.

»Ich bin schön, ich weiß, daß ich schön bin. Aber wer sieht mich hier schon? Nur ein paar Dorfdeppen und ein Dutzend kichernde Ministranten.«

Pandia wußte darauf keine Antwort.

Sie schwieg und verging fast vor Furcht bei dem Gedanken, daß Mutter die Schwester hören könnte und über deren Worte zutiefst verletzt wäre.

Dann erkrankte die Mutter, und es ging Tag um Tag mehr mit ihr bergab. In dieser Zeit mußte Selene den Entschluß gefaßt haben, von zu Hause fortzugehen, sobald die Beerdigung vorüber war.

Als sie dann nach Selenes Flucht allein auf ihrem Zimmer saß, weinte Pandia bitterlich.

»Wie konnte sie nur etwas so Grausames und Herzloses tun«, rief sie laut und hoffte, Selene würde ihren Entschluß ändern und wieder zurückkommen.

Aber nichts dergleichen geschah. Die Schwester blieb verschwunden, und weil sie kein Geld zu benötigen schien, nahm Pandia an, daß es ihr tatsächlich gelungen war, die Familie der Mutter zu bewegen, sie aufzunehmen.

Damals war Selene noch nicht ganz sechzehn gewesen, und Pandia erinnerte sich plötzlich daran, daß sie beide in zwei Monaten schon neunzehn wurden.

Pandia hatte lange gezögert, bevor sie an die Schwester geschrieben hatte, um ihr den Tod des Vaters mitzuteilen.

Sie hatte den Brief an das Haus des Großvaters in Oxfordshire adressiert, in der Hoffnung, daß man ihn Selene nachsenden würde, falls sie nicht dort sein sollte.

Sie fragte sich, was wohl aus dem rebellischen jungen Mädchen geworden war, das sich so sehr gegen ein Leben in Zurückgezogenheit und Armut aufgelehnt und sich nach einem ganz anderen Dasein gesehnt hatte.

Vielleicht hat sie sich inzwischen sehr verändert, sagte sie sich, so verändert, daß sie mir sogar äußerlich nicht mehr gleicht!

Sie saß vor dem Ankleidetisch und schaute in den Spiegel. Ohne Überheblichkeit war sie sich bewußt, daß sie in den vergangenen Jahren noch schöner geworden war, als sie es mit sechzehn gewesen war.

Der rote Schimmer in ihrem Haar, den sie dem ungarischen Blut des Vaters verdankte, bildete einen hinreißenden Kontrast zu ihrer hellen, fast durchscheinend zarten Haut.

Pandias Augen waren schon immer ungewöhnlich groß gewesen, aber nun, nachdem es an ihrer Figur keinen »Babyspeck« mehr gab, wie ihre Mutter es genannt hatte, wirkte das edelgeschnittene Gesicht fast ein wenig zu klein dafür.

Ihre Nase war gerade, und sie besaß vollkommen geschwungene Lippen, die jedoch nicht sofort auffielen, weil jeder zuerst von diesen alles beherrschenden Augen angezogen wurde.

Umrahmt von langen dunklen Seidenwimpern leuchteten sie manchmal in einem eigenartigen Grün, und dann wieder waren sie von einem tiefen, geheimnisvollen Schwarz.

Es waren sehr ausdrucksvolle Augen, die ihre Gedanken und Empfindungen aufs genaueste widerspiegelten.

Pandia war überzeugt davon, daß es bei ihrer Zwillingsschwester ebenso war.

Früher hatte sie stets genau gewußt, was Selene dachte, und wenn die Schwester zornig war, zeigte sich in ihren Augen ein Feuer, das aus den Tiefen ihres Wesens zu lodern schien. Umgekehrt färbten sie sich in ein undefinierbares Grün, wenn Selene glücklich war. Dann konnte man den Eindruck gewinnen, das Gold eines ganzen Sonnentages wäre darin eingefangen.

»Ich hoffe, sie ist glücklich«, murmelte Pandia, während sie die Halle durchquerte und auf die Küchentür zuging.

Sie hörte Nanny, die inzwischen alt und zittrig geworden war, mit den Kochtöpfen hantieren.

Obwohl sie nicht den leisesten Appetit verspürte nach all den Aufregungen, die der Tod des Vaters mit sich gebracht hatte, wußte sie, daß sie Nanny nicht enttäuschen durfte und etwas essen mußte. Die Gute machte sich immer so viel Mühe beim Kochen.

»Sind Sie es, Miß Pandia?« rief Nanny, als Pandia sich der Küche näherte.

»Ja, Nanny, ich bin wieder da«, erwiderte Pandia. »Es ist schrecklich kalt geworden draußen.«

»Ich weiß. Deshalb hab' ich im Studierzimmer auch den Kamin für Sie angemacht.«

»Das habe ich schon gesehen. Es war lieb von dir, daran zu denken. Aber ich dachte, ich kann dir in der Küche ein wenig zur Hand gehen.«

»Nicht nötig«, sagte Nanny. »Gehen Sie, und wärmen Sie sich etwas auf. Ich möchte nicht, daß Sie mir krank werden!«

In ihrer Stimme war ein Anflug von Panik, den Pandia sehr gut verstehen konnte. Sie wußte, daß Nanny sich die Schuld am Tod der Mutter gab, weil sie glaubte, für die tödliche Erkältung verantwortlich zu sein, die diese sich in dem ungeheizten Haus zugezogen hatte.

Sie glaubte, sie hätte für mehr Wärme sorgen und darauf drängen müssen, daß die Mutter sich einen dikkeren Wintermantel zulegte.

Weil Pandia wußte, es würde Nanny erfreuen, sagte sie:

»All right, Nanny, ich setze mich ins Studierzimmer. Ruf mich, wenn du fertig bist!«

Nanny gab keine Antwort, und Pandia ging den Weg zurück, den sie gekommen war. Dabei dachte sie, was für ein Glück sie mit dem Brennholz hatten, denn draußen an der Hauswand stapelten sich die Buchenscheite bis fast unters Dach.

Außerdem lagerten in einem der Schuppen im Hof drei Säcke Kohlen, die allerdings nur äußerst sparsam verwendet wurden, da Kohlen teuer waren.

Aber warm mußte es sein. Vor allem wegen Nanny, die nun schon auf die Siebzig zuging.

Sie lebte bei ihnen, seitdem die Zwillinge auf die Welt gekommen waren, und Pandia dachte nun, daß Nanny ihr als einzige von der Familie noch geblieben war.

Doch so lieb und verständnisvoll die Gute auch mit ihr umging, die Lücke, die der Tod des Vaters in Pandias Leben gerissen hatte, konnte sie nicht ausfüllen.

Sie und der Vater waren sich in den verflossenen Jahren, besonders seit seiner Krankheit, sehr nahe gekommen, und er hatte mit ihr gesprochen wie mit einem Gleichaltrigen.

»Du magst aussehen wie eine Frau, mein Liebes«, hatte der Vater einmal zu ihr gesagt, »wie eine sehr schöne Frau überdies, aber du hast die Intelligenz und den Verstand eines Mannes. Wenn ich einen Sohn hätte, worüber ich sehr glücklich gewesen wäre, er hätte nicht klüger und gescheiter sein können als du.«

»Danke, Papa. Es ist wundervoll, daß du so denkst«, hatte Pandia geantwortet.

Sie hatte alles getan, um ihm Freude zu machen. Während sie und Selene bei einer Lehrerin aus dem Dorf in die Schule gegangen waren, war es ihr Vater gewesen, der sie in allen höheren Fächern unterrichtet hatte.

Sie lernten Latein und Griechisch und einige andere Fremdsprachen. Er unterwies sie in englischer Literatur, in Kunst und Erdkunde.

Vor allem das Fach Erdkunde behandelte der Vater sehr umfassend, denn er war der Überzeugung, um die Welt zu verstehen, genüge es nicht, nur die Lage eines Landes auf der Landkarte zu kennen. Er sprach mit seinen Töchtern über die Sitten und Gebräuche der Menschen, die dort lebten und die sich von denen der Bewohner anderer Länder auf mannigfache Art und Weise unterschieden.

Pandia fand das Fach faszinierend, war sich jedoch gleichzeitig darüber klar, daß es auf ihre Schwester höchst langweilig und ermüdend wirkte.

»Ich möchte die Menschen kennenlernen, nicht nur irgendwelche Geschichten von ihnen hören«, sagte Selene zu Pandia, als sie allein waren. »Was habe ich schon davon, wenn mir einer erzählt, welche hervorragenden Reiter die Ungarn sind, wenn die einzigen Pferde, die ich selbst reiten kann, ein paar alte Klappergäule sind, auf die längst der Abdecker wartet.«

»Das stimmt nicht«, widersprach Pandia. »Papa und Mama sind so beliebt bei den Bauern, daß diese uns jedes Tier leihen, das wir haben wollen. Vor einigen Tagen noch habe ich ein Pferd geritten, das so feurig war, daß ich die größten Schwierigkeiten hatte, es unter Kontrolle zu halten.«

»Ich will für mich die rassigsten Pferde, die es gibt«, stieß Selene hervor. »Und ich möchte mit einer großen Hundemeute auf die Jagd gehen.«

Im Dorf gab es nichts dergleichen.

Tatsächlich war Bedfordshire ein flaches, ziemlich eintöniges Land mit wenigen ansehnlichen Häusern, aber riesigen Feldern, die ihm den Spitznamen »Küchengarten Englands« eingebracht hatten.

Für Pandia jedoch besaß es eine Schönheit eigener Art. Sie liebte die träge dahinfließende Ouse hinter ihrem Garten und die leicht gewellten Wiesen, durch die sich das Flüßchen hindurchschlängelte.

Dort fand sie Pilze und eine Fülle von Schlüsselblumen im Frühjahr. Und wenn der Schnee die Felder bedeckte, wie jetzt, ergriffen die weißen Hasen vor ihr die Flucht, sobald sie sich sehen ließ.

Selene wußte mit all diesen kleinen Dingen nichts anzufangen. Sie fand es langweilig hier, fade und eintönig. Und wenn Pandia es richtig überdachte, dann hatte die Tatsache, daß die Schwester ohne ein Lebewohl einfach davon gelaufen war, noch nicht einmal etwas Verwunderliches.

Beim Betreten des Wohnzimmers strömte ihr eine wohltuende Wärme entgegen, die sie einhüllte, sobald sie die Tür geöffnet hatte.

Pandia hockte sich auf den Kaminvorleger und murmelte:

»Ich frage mich, was ich jetzt tun soll, Papa. Glaubst du, ich könnte dort weitermachen, wo du aufgehört hast?«

Fast erwartete sie, die tiefe, wohlklingende Stimme des Vaters zu hören, die, obwohl er ein ausgezeichnetes Englisch sprach, einen leichten ungarischen Akzent nie hatte verleugnen können.

Doch es blieb still. Pandia seufzte schwer. Nie wieder würde sie eine Antwort von ihm erhalten, nie mehr würde die gute, warme Stimme des Vaters ihr einen Rat geben.

»Ich werde wohl zum erstenmal in meinem Leben eine selbständige Entscheidung treffen müssen«, sagte sie leise. »Das wird gar nicht so einfach sein, wo ich mich bisher immer auf dich verlassen habe.«

Sie wußte, nie würde sie die Kraft – oder besser: die Nerven – haben, um so zu handeln wie Selene. Aber da sie Zwillinge waren, nahm sie an, daß sie sich gegenseitig ergänzten – oder »zwei Hälften eines Ganzen« waren, wie Nanny es auszudrücken pflegte.

Selene war eigensinnig, energisch und besaß einen eisernen Willen.

Pandia wußte, daß sie selbst sehr unentschlossen war, sanft, rücksichtsvoll und völlig unfähig, sich gegen Widerstände durchzusetzen.

»Ich weiß, es ist falsch, sich so zu verhalten, wie ich es tue«, flüsterte sie. »Aber was kann ich machen? Ich bin nun einmal so.«

Sie glaubte, Nannys Stimme zu hören, erhob sich und ging zur Tür.

Dort angelangt, blickte sie unwillkürlich zurück, um sich zu vergewissern, daß ihr Vater auch bequem in seinem Lehnstuhl saß und alles hatte, was er brauchte.

Doch sein Platz war leer, und sie fühlte wieder einmal einen Stich in der Herzgegend, der sie schmerzlich zusammenzucken ließ.

Wann würde sie aufhören, beinahe in jeder Minute des Tages an ihn zu denken?

Sie trat in die kleine Halle hinaus, die sie und ihre Mutter in einem blassen Grün gestrichen hatten, weil die dunkle Wandtäfelung sie zu eng und unansehnlich erscheinen ließ.

Sie schloß die Tür hinter sich und wollte zur Küche hinübergehen, als vom Eingang her ein lautes Klopfen kam.

Pandia fragte sich, wer das sein konnte. Ein Dorfbewohner jedenfalls war es nicht. Der wäre an die Hoftür gekommen.

Zwei rasche Schritte, dann drückte sie die Klinke nieder und öffnete die Haustür.

Sekundenlang war sie wie versteinert und glaubte zu träumen.

Unter dem Vordach stand Selene.

Eine elegante Erscheinung in ihrem kostbaren Pelzmantel und dem modischen, mit Straußenfedern geschmückten Hut. Pandia war überrascht, daß sie die so sehr veränderte Schwester gleich auf den ersten Blick erkannt hatte. Aber Selenes Gesicht, schön und unverwechselbar wie das eigene, hatte sich nicht verändert.

»Selene!«

Mehr vermochte Pandia nicht hervorzubringen,

denn die Schwester machte einen Schritt auf sie zu, schob sie fast gebieterisch zur Seite und betrat die Halle.

»Du bist überrascht, mich zu sehen, wie?« fragte sie.

»Ja, natürlich«, antwortete Pandia. »Leider kommst du zu spät. Papas Beerdigung war gestern.«

»Ich weiß« gab Selene ungerührt zurück. »Aber ich wollte zu dir. Wer ist sonst noch im Haus?«

Pandia stemmte sich gegen die Haustür, durch die ein scharfer Wind in die Halle blies und die nur mit Mühe zu schließen war.

Dabei fiel ihr Blick auf die elegante, mit zwei Pferden bespannte Kutsche, die sich gerade in Bewegung setzte. Auf dem Bock saßen der Kutscher und ein Diener.

»Nur Nanny«, antwortete sie auf Selenes Frage. »Wohin fährt deine Kutsche?«

Sie hatte das unangenehme Gefühl, Selene könnte vielleicht beabsichtigen, eine Zeit zu Hause zu bleiben, und überlegte beunruhigt, was sie ihr vorsetzen sollte.

»Ich habe Anweisung gegeben, die Pferde im Gasthof zu tränken und mit Futter zu versorgen«, erwiderte Selene. »Ich nehme an, den gibt es noch.«

»Den Anker? Natürlich gibt es den noch.«

Erleichtert dachte Pandia, daß sie den beiden Männern kein Essen vorzusetzen brauchte, und sagte rasch:

»Geh ins Studierzimmer, das ist geheizt. Ich werde Nanny Bescheid sagen, daß du da bist. Ich denke, das Luncheon ist gleich fertig.«

»Was zu essen könnte ich gebrauchen«, sagte Selene. »Ich hatte ganz vergessen, wie weit es von London bis hier ist. Ich habe Stunden gebraucht, um herzukom men!«

Sie sprach, als wäre dies Pandias Schuld, aber offensichtlich erwartete sie keine Antwort, denn sie wandte sich um und ging ins Studierzimmer.

Pandia eilte in die Küche.

»Nanny, Nanny!« rief sie. »Selene ist da. Vor wenigen Minuten ist sie angekommen.«

Nanny blickte Pandia an, als traute sie ihren Ohren nicht. Dann antwortete sie:

»Well, wenn sie zur Beerdigung kommt, ist es zu spät!«

»Das habe ich ihr auch schon gesagt. Aber sie ist hungrig, und wir werden im Speisezimmer essen müssen.«

Pandia bemerkte, wie der Ausdruck auf Nannys Gesicht wechselte.

Seitdem der Vater ans Bett gefesselt gewesen war, hatten Pandia und Nanny zusammen in der Küche gegessen. Doch Pandia war überzeugt, daß diese Vorstellung Selene aufs äußerste mißfallen würde.

»Ich würde rasch den Tisch decken«, sagte sie. »Und wenn du alles auf ein Tablett stellst, werde ich das Essen holen.«

Nannys Lippen wurden schmal, aber sie sagte kein Wort. Pandia zögerte nicht länger und eilte ins Speisezimmer, das direkt neben der Küche lag.

Es war nur ein kleiner Raum, aber ihre Mutter hatte ihn sehr gemütlich eingerichtet.

Die Vorhänge bestanden aus keinem besonders wertvollen Stoff, doch bevor sie ausgebleicht und fadenscheinig geworden waren, hatten sie eine kräftige rubinrote Farbe gehabt, die ausgezeichnet zu den Polstern der Stühle paßte.

Das Ganze hatte ein sehr farbenfrohes Bild ergeben, und zu Lebzeiten der Mutter stand immer eine Vase mit frischen Blumen auf dem Tisch.

Pandia fand eine frische weiße Damastdecke und breitete sie über dem Tisch aus. Dann stellte sie die Gläser hin und legte Messer, Gabeln und Löffel zurecht.

Eine silberne Vase, an der ihre Mutter sehr gehangen hatte, nahm Pandia von der Anrichte und stellte sie auf den Tisch.

In dieser Jahreszeit gab es zwar keine Blumen, doch vielleicht sah der Tisch dann eher so aus wie zu der Zeit, da sie sich noch alle hier eingefunden hatten, um gemeinsam die Mahlzeiten einzunehmen.

Pandia deckte nur für zwei Personen. Selene würde es sicher nicht gern sehen, daß Nanny mit ihnen aß.

Sie warf einen Blick in die Küche und sah, daß Nanny den Hasen anrichtete. Ein verlockender Bratenduft stieg ihr in die Nase. Sie eilte durch die Halle zum Studierzimmer, um Selene zu rufen.

»Das Essen ist in zwei Minuten fertig«, sagte sie. »Möchtest du dir vorher die Hände waschen und den Hut ablegen?«

»Ja, ich könnte mich ein wenig frisch machen«, antwortete Selene.

Wie Pandia feststellte, saß Selene im Armsessel des Vaters und hielt die Hände dem Feuer entgegen.

Jetzt nahm sie den Hut ab, und Pandia sah, daß die Schwester immer noch ungewöhnlich schön war, allerdings konnte man den Eindruck gewinnen, daß sie beide sich nicht mehr so glichen wie früher.

Dann erkannte sie, daß sich die Veränderung nicht in

Selenes Gesicht vollzogen hatte, sondern an ihrem Haar.

Selene hatte eine andere, sehr kunstvolle Frisur. Auch die Wimpern erschienen dunkler als früher, und ihre Lippen zeigten ein intensiveres Rot.

Während sie die Schwester betrachtete, schaute Selene sie an.

»Wir gleichen uns immer noch«, sagte sie.

Zu Pandias Freude schien sie entzückt darüber zu sein.

»Einen Moment lang kam es mir so vor, als hättest du dich verändert«, sagte Pandia. »Aber es sind nur deine Haare, die anders frisiert sind. Und natürlich siehst du überhaupt ganz wundervoll aus.«

»Ich dachte, daß ich dir gefallen würde«, erwiderte Selene. »In meiner Stellung erwartet man, daß ich gut aussehe und eine kostspielige Garderobe trage.«

»In deiner Stellung?« entgegnete Pandia verwirrt.

»Ich bin verheiratet«, sagte Selene. »Wußtest du das nicht?«

»Nein, wie sollte ich?«

Selene lachte.

»Ich vergaß, daß Papa sich nie für Tageszeitungen interessiert hat, und ich kann mir vorstellen, daß du an diesem abgelegenen, gottverlassenen Ort nicht einmal den Untergang der Welt mitbekommen würdest.«

»Aber daß du verheiratet bist, hätten wir schon wissen sollen«, erwiderte Pandia. »Du hättest es uns mitteilen müssen.«

Selene antwortete nicht. Sie war damit beschäftigt, ihr Haar zu ordnen.

Dann erhob sie sich aus dem Sessel und zeigte dabei ihr Kleid aus kostbarer pfauenblauer Seide, das von dem pelzgefütterten Mantel, den sie bei ihrem Kommen getragen hatte, verdeckt worden war.

Ihre Taille war schmal, und das Oberteil des Kleides umschloß ihren Körper wie eine zweite Haut. Selene wirkte sehr aufreizend darin, wie Pandia dachte.

Selene ging zur Tür.

»Ich nehme an, es gibt nichts zu trinken, oder?« fragte sie.

»Ich glaube, wir haben noch eine Flasche Rotwein da, den Vater so gerne trank.«

»Well, dann solltest du sie öffnen«, sagte Selene kurz. »Nach dieser langen Fahrt brauche ich unbedingt etwas Kräftiges zum Anregen.«

»Ich wünschte, du hättest mich frühzeitig von deinem Besuch in Kenntnis gesetzt«, sagte Pandia. »Wir hätten uns viel besser darauf einstellen können. Nun, wenigstens hat Nanny einen Hasen gebraten. Du wirst dich erinnern, ihre Hasen waren stets eine Köstlichkeit.«

Selene lachte.

»Nannys Hasen werde ich wohl nie vergessen! Wenn ich zurückdenke, kann ich mich überhaupt an nichts anderes erinnern als an Hasen, Hasen und nochmals Hasen. Das einzige Fleisch, das wir uns leisten konnten, da es so billig war.«

Pandia antwortete nicht. Sie war ins Speisezimmer vorausgegangen, um nach dem Rotwein zu sehen.

Der Arzt hatte immer gemeint, ein Rotwein könne dem Vater guttun, und zu einem Glas beim Mittagessen und einem zweiten beim Dinner geraten.

Pandia stellte fest, daß noch ein Rest in einer Flasche war und daneben zum Glück eine weitere, ungeöffnete stand.

Sie goß Selenes Glas voll. Die Schwester nippte daran mit einem Gesichtsausdruck, als würde ihr Gift verabreicht. Doch dann trank sie einen kräftigen Schluck und sagte:

»Gar nicht so schlecht! Aber Papa hatte bei Weinen ja immer einen ganz passablen Geschmack.«

»Woher weißt du das?« fragte Pandia.

Sie dachte, daß Selene erst sechzehn war, als sie das Elternhaus verlassen hatte.

»Oh, dann und wann habe ich schon mal an den Flaschen im Speisezimmer probiert, nur um zu wissen, wie Wein eigentlich schmeckt. Und ich war immer der Meinung, Papa würde als Ausländer einen guten Tropfen bevorzugen und sich nicht mit dem Essigwasser begnügen, das die Engländer trinken.«

»Es hört sich höchst seltsam an, wenn du Papa einen Ausländer nennst«, bemerkte Pandia. »Ich persönlich habe ihn nie so gesehen.«

»Natürlich war er ein Ausländer«, beharrte Selene ungerührt. »Ein ungarischer Privatlehrer. Und weshalb Mama so verrückt war, mit ihm durchzubrennen, verstehe ich heute noch nicht.«

Pandia kannte die Meinung der Schwester zur Genüge und war nicht überrascht, als Selene fortfuhr:

»Du müßtest mal das Haus sehen, in dem Großvater lebt. Es ist groß und prächtig, und mein eigenes Haus ist so ähnlich, wenn auch noch viel größer.«

»Vielleicht verrätst du mir einmal deinen Namen und sagst mir, wer und was dein Mann eigentlich ist!«

»Mein Mann ist der Earl von Linbourne«, erwiderte Selene.

Der Tonfall der Genugtuung in ihrer Stimme war unüberhörbar, und sie schien sich nicht zurückhalten zu können, in prahlerischem Stolz hinzuzufügen:

»Ich bin eine Komteß, und das genieße ich in jeder Minute des Tages. Stell dir vor, Pandia, ich habe genau die Position im Leben erreicht, die ich mir immer gewünscht und immer angestrebt habe. Ja, ich habe alles bekommen, was ich wollte. Die Kleider, die ich mir erträumte, elegante Kutschen, edle, feurige Rassepferde und gesellschaftliches Ansehen. Mein Gott, ich besuche so viele Tanzveranstaltungen und Partys in einer Woche, daß sie mir fast schon zum Hals heraushängen.«

Ihre Stimme war die eines kleinen Mädchens, das ein anderes ausstechen und neidisch machen will.

»Ich freue mich ja so für dich, Selene«, sagte Pandia ruhig. »Papa pflegte immer zu sagen, wenn jemand sich ganz fest etwas wünscht, geht dieser Wunsch auch in Erfüllung.«

»Wenn Papa davon überzeugt war, hätte er sich für uns ruhig etwas mehr Geld wünschen sollen«, sagte Selene scharf. »Und Mama hätte nicht so früh sterben müssen, wenn das Haus nicht immer so kalt und feucht gewesen wäre und wir uns auch schon mal eine ordentliche Mahlzeit hätten leisten können.«

Pandia stieß einen leisen empörten Schrei aus.

»Das stimmt nicht, Selene! Wir konnten zwar nicht alles haben, worauf wir Appetit hatten, aber wir mußten niemals hungern. Obwohl wir nicht aus dem Vollen schöpfen konnten, brauchten wir niemals wirkliche Not zu leiden.«

»Das mag für dich zutreffen«, entgegnete Selene. »Aber mir ging die ständige Sparsamkeit, das Knausern und das ewige Sich-nach-der-Decke-strecken-Müssen auf die Nerven!«

Weil sie es nicht ertragen konnte, daß die eigene Schwester ihr Vaterhaus so herabsetzte, sagte Pandia mit Härte in der Stimme:

»Aber jetzt hast du ja alles, was du dir wünschst!«

»Alles«, stimmte Selene zu.

»Und wie lange bist du verheiratet?«

»Gut ein Jahr. Ich war siebzehneinhalb, als ich meine Hochzeit feierte. Der Earl verliebte sich gleich beim erstenmal in mich, als wir uns sahen.«

»Wie sieht er aus?« fragte Pandia. »Groß und hübsch?«

Es entstand eine kleine Pause, bevor Selene antwortete:

»Er ist älter als ich. Natürlich bewundere und achte ich ihn. Obwohl er schon einmal verheiratet war, hat er noch keinen Erben für seinen Titel.«

»Bekommst du ein Baby?«

Selene schüttelte den Kopf.

»Gott sei Dank noch nicht. Zunächst möchte ich mal etwas vom Leben haben. Ich glaube, daß mir das nach all den Jahren in diesem Grab hier zusteht.«

Pandia zog hörbar den Atem ein, doch sie schluckte die Bemerkung, die sie auf der Zunge hatte, hinunter und fragte statt dessen:

»Bitte, erzähl mir, wie unsere Großeltern sich dir gegenüber verhalten haben, nachdem du so plötzlich bei ihnen aufgetaucht bist. Das wollte ich schon immer wissen.«

»Sie waren sehr nett zu mir«, sagte Selene. »Ich berichtete ihnen, daß Mama tot sei und daß ich niemanden mehr habe, der sich um mich sorgt. Sie behandelten mich wie ihre eigene Tochter. Meine Onkel – der älteste von ihnen ist jetzt der neue Lord Gransden – waren ebenfalls sehr liebenswürdig zu mir, obwohl ihre Frauen sich mir gegenüber sehr zugeknöpft gaben, weil ich so – attraktiv war.«

»Ich kann verstehen, daß sie eifersüchtig auf dich waren.«

»Und wie eifersüchtig!« äußerte Selene mit Triumph in der Stimme. »Und ihre Eifersucht wuchs, je älter ich wurde. Am meisten haben sie sich über meine Heirat gefreut. Der einzige Frosch, den es für sie zu schlucken gab, war die hohe gesellschaftliche Stellung, die ich jetzt innehabe.«

Selene gefiel sich in ihrer Prahlsucht, und Pandia, die den Hasen genoß, den Nanny wie immer ganz köstlich zubereitet hatte, vermutete eine Absicht hinter Selenes Worten. Sie bezweckte etwas damit, wenngleich sie das Motiv auch noch nicht preisgegeben hatte.

Pandia hatte schon immer ein Gefühl für das gehabt, was ihre Zwillingsschwester vorhatte. Auch diesmal gab es keinen Zweifel, daß Selene einen bestimmten Plan mit ihren Worten verfolgte. Sie war bestimmt nicht aus alter Anhänglichkeit nach Hause gekommen. Sie wollte etwas – und zwar von ihr, Pandia.

Selene leerte ihr Glas und überraschte die Schwester mit der Aufforderung, die zweite Flasche zu öffnen.

»Ich staune, daß du so viel Wein trinkst«, sagte Pandia, während sie aufstand und den Korkenzieher holte. »Mama hat, soweit ich mich erinnere, niemals einen Tropfen Alkohol getrunken.«

»Weil sie so sparsam war«, entgegnete Selene. »Ich mag Wein, vor allem Champagner, wenn ich ihn mit jemandem trinke, den ich anziehend finde.«

»Hast du viele Heiratsanträge bekommen, ehe du

deinem Mann das Jawort gabst?« wollte Pandia wissen.

»Drei im ganzen«, antwortete Selene. »Aber die zählen alle nicht. Tatsächlich habe ich gleich in meiner ersten Saison geheiratet, und meine Mitdebütantinnen platzten fast vor Neid.«

»Das muß ja schrecklich aufregend gewesen sein. Aber es wäre schön gewesen, wenn du mich zur Hochzeit eingeladen hättest.«

»Das konnte ich nicht«, erwiderte Selene nach einer kleinen Pause.

»Und warum nicht? Hättest du dich meiner geschämt?« fragte Pandia.

Sie bemerkte, daß Selene zögerte. Die Schwester schien zu überlegen, ob sie wahrheitsgemäß antworten sollte oder nicht.

Schließlich sagte Selene:

»Ich erzählte unseren Großeltern, als ich zu ihnen kam, daß nicht nur Mama, sondern auch du und Papa tot seien.«

Pandia rang nach Luft.

»Das hast du ihnen erzählt? Aber warum nur?«

»Ich wollte sichergehen, daß sie mich auch wirklich bei sich aufnahmen«, erklärte Selene. »Wenn ich ihnen sage, daß ich ganz allein auf der Welt bin, werden sie mich wohl kaum vor die Tür setzen, dachte ich mir.«

Sekundenlang verschlug es Pandia die Sprache. Dann sagte sie:

»Ich glaube, das war nicht richtig von dir. Es war sogar niederträchtig, sie so zu belügen. Es würde Papa tief verletzt haben, wenn er das gewußt hätte.«

»Ich hielt es für äußerst unwahrscheinlich, daß er es je erfahren würde«, erwiderte Selene. »Selbst wenn er gewußt hätte, wo ich mich aufhielt, er wäre nie gekommen, um nach mir zu sehen. Und wenn sie glaubten, er wäre tot, mußten sie von dir das gleiche annehmen.«

»Ich verstehe einfach nicht, warum du ihnen eine solche Lüge auftischen mußtest«, sagte Pandia. Doch noch während sie sprach, fiel ihr die Erklärung für Selenes Verhalten ein.

Selene hatte immer die einzige sein wollen. Sie hatte nie eine Schwester gewollt, schon gar nicht eine Zwillingsschwester.

»Es ist ganz widernatürlich«, hatte sie einmal getobt, »daß ich alles mit dir teilen soll und daß die Leute uns behandeln, als wären wir nicht zwei, sondern nur eine Person. Ich bin ich, und ich will nicht, daß ich nur die Hälfte von dir bin und du die Hälfte von mir bist!«

Sie hatte es wütend gesagt, voller Heftigkeit und Erregung. Pandia hatte diesen Ausbruch später vergessen, doch nun wußte sie, daß Selene im Gegensatz zu ihr nie an etwas anderes gedacht, nie ein anderes Ziel vor Augen gehabt hatte, als die absolute Verwirklichung der eigenen Persönlichkeit.

Und als sich ihr dann die Gelegenheit dazu bot, hatte sie ohne Rücksicht auf andere mit beiden Händen zugegriffen.

Pandia sah keinen Anlaß, sich deswegen über Gebühr aufzuregen oder sich mit der Schwester anzulegen.

Mit einem freundlichen Lächeln goß sie Selenes Glas wieder voll und sagte:

»Wohl bekomm's. Der Wein wird dich gewiß aufwärmen nach der langen Fahrt.«

Selene probierte den Rotwein und meinte dann herablassend:

»Auch ganz gut.«

»Aber nun, Selene«, sagte Pandia. »verrate mir endlich, weshalb du eigentlich hergekommen bist?«

Stille.

Pandia glaubte schon, daß Selene ihr keine Antwort auf ihre Frage geben, oder wenn, ihr nicht die Wahrheit sagen würde.

Doch dann begann Selene stockend:

»Ich möchte, daß du mir hilfst, Pandia – und zwar auf eine Art und Weise, wie … wie nur du mir helfen kannst!«

2

Erneut herrschte Schweigen zwischen den Zwillingsschwestern. Pandias Gesichtsausdruck verriet Überraschung und Erstaunen.

Es kam ihr unglaublich vor, daß Selene nach dieser langen Zeit der Abwesenheit und völligen Kontaktlosigkeit nun plötzlich ihre Hilfe benötigte.

Gleichzeitig jedoch war sie gerührt, daß ihre Schwester sich überhaupt an sie erinnert hatte und mit der Bitte um Hilfe zu ihr kam.

»Natürlich helfe ich dir, Selene, wenn ich dazu imstande bin«, beteuerte sie. »Allerdings kann ich mir nicht vorstellen, was ich für dich tun könnte.«

Selene trank einen Schluck Rotwein und sagte:

»Es ist eine etwas seltsame Geschichte, doch vor einiger Zeit verabredete ich mit jemandem ein Zusammensein für mehrere Tage.«

Pandia hatte der Schwester aufmerksam zugehört, konnte sich jedoch keinen Reim auf das Gesagte machen. Sie begriff einfach nicht, was Selene mit ihren Worten meinte.

»Nun, heute abend wäre es soweit gewesen«, fuhr Selene fort. »Ich wollte das Haus verlassen, um einige Tage in der Gesellschaft dieser Person zu verbringen, denn mein Mann mußte im Auftrag der Regierung verreisen und ist heute morgen zu dieser Reise aufgebrochen. Doch wie das Unglück es will, starb letzte Woche unerwartet ein naher Verwandter von ihm, und das bringt mein ganzes Konzept durcheinander.«

»Ich nehme an, auch dein Mann weiß nichts von meiner Existenz«, sagte Pandia mit leiser Stimme.

»Natürlich nicht«, entgegnete Selene hastig. »Er glaubt wie alle anderen, daß Mama, Papa und meine Zwillingsschwester nicht mehr leben.«

Ihre Stimme hatte einen scharfen Klang angenommen, und obgleich Pandia sich einredete, es sei dumm von ihr, sich gekränkt zu fühlen, beschlich sie eine seltsame Trauer bei dem Gedanken, daß die Schwester sie so kaltblütig aus ihrem Leben herausgetrennt hatte.

»Nun, wie ich schon sagte«, fuhr Selene fort, »ist mein Mann heute morgen nach Paris aufgebrochen, und ich hatte geplant, London am gleichen Tag zu verlassen. Das aber geht nun leider nicht. Die Beerdigung, an der ich wohl oder übel teilnehmen muß, macht mir einen Strich durch die Rechnung.«

»Wessen Beerdigung ist es denn?« fragte Pandia, die das Gefühl hatte, ein wenig Interesse an dem, was Selene sagte, zeigen zu sollen.

»Es ist der Duke von Dorringcourt, der gestorben ist. Er war ein alter Mann, und ich glaube, es werden nicht viele sein, die um ihn trauern. Doch George besteht darauf, daß ich ihn bei der Beisetzung, die morgen früh stattfindet, vertrete.«

Sie schwieg, und Pandia sagte:

»Wenn der Duke ein naher Verwandter deines Mannes war, wird es wohl unmöglich sein, nicht an der Beerdigung teilzunehmen.«

»Ganz unmöglich!« stimmte Selene ihr zu. »Aber ich

will meine Zeit nicht damit vergeuden, Tote zu betrauern, während ich mit jemandem zusammensein könnte, der äußerst lebendig ist!«

Der Ton, in dem sie sprach, ließ Pandia verwundert aufblicken, und weil sie Selenes Gedanken schon immer lesen konnte, fragte sie:

»Wer ist diese Person, die dir so viel bedeutet? Deine Stimme klingt völlig verändert, wenn du von ihr sprichst.«

Selene lächelte.

»Ich nehme an, es wäre nicht gut, dir Einzelheiten zu berichten«, sagte sie. »Aber ich bin verliebt, Pandia, ganz wild und wahnsinnig verliebt!«

Verblüfft sah Pandia sie an.

»Aber – Selene, du bist – verheiratet!«

»Was hat das denn damit zu tun?«

»Ich habe immer geglaubt, es wäre, wenn auch nicht unmöglich, so doch zumindest unrecht, einen anderen Mann zu lieben, wenn man verheiratet ist.«

Selene ließ ein leises Lachen hören.

»Ich hätte mir denken können, wie du darauf reagieren würdest. Hier, in diesem weltabgeschiedenen Nest ist man vielleicht dieser Meinung, aber ich kann dir versichern, daß anderswo jede Frau in meiner Stellung einen Liebhaber hat – vor allem, wenn sie so schön ist wie ich!«

»Selene!«

Pandia war entsetzt.

»Wie kannst du nur so etwas sagen«, rief sie. »Papa und Mama wären empört gewesen, wenn sie dich jetzt gehört hätten!«

»Oh, sei nur nicht so lächerlich altmodisch, Pandia«, stieß Selene wütend hervor. »Wenn du zu diesen Dingen eine solche Haltung einnimmst, werde ich kein Wort mehr sagen und mich hüten, dich noch tiefer ins Vertrauen zu ziehen.«

Pandia versuchte sich zu entspannen. Zögernd erwiderte sie:

»Früher hast du mich nie ins Vertrauen gezogen, und ich finde es schön, daß du es jetzt tun willst. Aber es ist einfach zu kompliziert für mich, die Art von Leben zu verstehen, das du jetzt führst.«

»Nun ja«, stimmte Selene zu. »Kein Wunder, daß es so ist. Abgeschieden, wie du hier lebst! Gütiger Himmel, ich hielte es in dieser Einöde nicht aus. Schrecklich, die Vorstellung, nie aus diesem Kaff hinauszukommen, nie einen gutaussehenden jungen Mann kennenzulernen, keine Abwechslung zu haben und langsam, aber sicher zu versauern!«

»Erzähl mir von dem Mann, den du liebst!« verlangte Pandia, die Selenes Kritik nicht mehr ertragen konnte.

Die Schwester stützte die Ellbogen auf den Tisch und schmiegte das Kinn in die Handflächen.

»Er ist wundervoll, Pandia!« sagte sie schwärmerisch. »Der wundervollste und attraktivste Mann, der mir je begegnet ist!«

»Und er liebt dich auch?«

»Natürlich liebt er mich! Genauso, wie ich ihn liebe. Ich habe vorher nie gewußt, zu welch ekstatischen Gefühlen eine Frau fähig ist!«

Die Art, wie Selene sprach, der leidenschaftliche Ton, den sie zum erstenmal an ihrer Schwester bemerkte, befremdeten Pandia.

»Aber Selene, wie denkst du dir das? Schließlich bist du doch mit dem Earl verheiratet!«

»Es ist gar nicht so einfach, mich so oft mit Ivor zu treffen, wie es mein Wunsch wäre«, erwiderte Selene. »Aber als George mir mitteilte, daß er nach Paris reisen werde, wußte ich, daß dies die Gelegenheit war, auf die ich schon lange gewartet hatte.«

»Und wohin wirst du fahren?«

»Das werde ich weder dir noch sonst jemandem auf die Nase binden«, erklärte Selene abweisend. »Aber wir werden zusammensein, nur wir zwei, und für kurze Zeit glauben, das Paradies gefunden zu haben.«

Wieder schwang leidenschaftliche Erregung in ihrer Stimme, und als könnte sie Pandias Gedanken erraten, fuhr sie mit einem leisen Lachen fort:

»Wenigstens etwas hat mir Papa mitgegeben, für das ich ihm sehr dankbar bin. Ich habe Feuer im Blut, darin bin ich eine echte Ungarin.«

»Papa würde sich große Sorgen machen, wenn diese Mitgift dich in Schwierigkeiten bringen würde«, sagte Pandia rasch.

»Das ist wohl höchst unwahrscheinlich«, entgegnete Selene. »Jedenfalls, wenn ich vorsichtig bin – und du mir hilfst.«

Pandia verstand nicht.

»Wie könnte ich dir schon helfen?«

»Oh, nichts einfacher als das. Du mußt nur an meiner Stelle zur Beerdigung des Duke gehen.«

Pandia erstarrte. Kerzengerade saß sie auf ihrem Stuhl und starrte die Schwester an.

»Zu ... zu der Beerdigung des Duke gehen?« stammelte sie.

Selene beugte sich ein wenig vor.

»Nun reg dich nur nicht auf, Pandia«, sagte sie. »Nichts leichter, als das. Ich werde dir genau erklären, was du zu tun hast. Unterscheiden kann uns sowieso niemand – bei dieser Ähnlichkeit.«

»Trotzdem wird kein Mensch glauben, daß ich du bin!«

»Wenn du meine Kleider trägst und in meiner Kutsche vorfährst? Sei nicht so einfältig! Weshalb sollte sich jemand auch nur eine Sekunde lang fragen, ob du nicht die bist, als die du erscheinst?«

»Aber ... aber ich würde unsicher sein und schreckliche Angst haben. Angenommen, es unterhält sich jemand mit mir, und ich weiß nicht, was ich sagen soll!«

Selene lehnte sich auf ihrem Stuhl zurück.

»Also wirklich, Pandia! Wenn ich daran denke, wie sehr Papa ständig deine Intelligenz und deine schnelle Auffassungsgabe herausgestrichen hat, verstehe ich beim besten Willen nicht, weshalb du mir diesen kleinen Gefallen nicht tun kannst!«

»Ich finde eben, daß es zu schwierig für mich ist«, wehrte sich Pandia.

»Aber keineswegs, du Dummerchen. Und wenn du mir geholfen hast, womit ich ganz sicher rechne, weil ich deine Hilfe so verzweifelt benötige, kannst du wieder hierher zurückkehren, und niemand wird wissen, wo du gewesen bist. Keine Menschenseele wird jemals wieder etwas von dir hören oder sehen. Niemand wird auch nur die Spur einer Ahnung davon bekommen, daß ich eine Zwillingsschwester habe, die noch am Leben ist.«

Die Art, wie Selene sprach, gab Pandia das Gefühl, für die Schwester von keinerlei Bedeutung zu sein. Selene schien zu glauben, daß man sie aus der Versenkung holen und darin wieder verschwinden lassen könnte, wie es einem beliebte.

Dabei war das, was sie von ihr verlangte, für Pandia äußerst beängstigend, und es erschien ihr vor allem ganz und gar unverantwortlich.

Pandia war fest davon überzeugt, daß die Mutter ihr von diesem Plan entschieden abgeraten hätte.

Aber wie konnte sie Selene, die ihre einzige Verwandte war und die ihr in der Vergangenheit so viel bedeutet hatte, diese Bitte abschlagen?

»Du könntest doch auf einen Tag des Zusammenseins mit diesem ... diesem Gentleman verzichten und zuerst zu der Beerdigung gehen«, sagte sie unwillig. »Danach kannst du dich ja mit ihm treffen. Ihr habt dann immer noch genug Zeit füreinander.«

»Wie stellst du dir das vor?« brauste Selene auf. »George wird am Freitag schon wieder zurücksein, und jede Minute, jede Sekunde, die Ivor und ich zusammen verbringen, sind für mich das Paradies. Du ahnst ja nicht, welches Glück und welche Wonnen er mir schenkt – und vielleicht wird sich uns nie wieder eine solche Gelegenheit bieten.«

Selene schien außer sich, und weil sie fürchtete, Pandia würde sich weigern, streckte sie die Hände nach ihr aus und sagte:

»Bitte, Liebes, du hast mich doch immer liebgehabt. Ich kann einfach nicht glauben, daß ausgerechnet du dich in den vergangenen Jahren so geändert hast. Hilf mir, wenigstens ein paar Tage glücklich zu sein!«

Sie wartete die Antwort der Schwester nicht ab, sondern fuhr fort:

»Es ist doch nicht viel, worum ich dich bitte, und Ivor freut sich schon so lange auf unser Zusammensein, daß es schrecklich wäre, ihn enttäuschen zu müssen!«

Der flehende Ton in ihrer Stimme und die ausgestreckten Hände rührten Pandia so sehr, daß sie nicht widerstehen konnte. Sie nahm Selenes Hände und sagte:

»Ich werde es versuchen, aber denk daran, wie zornig du sein wirst, wenn ich meine Rolle nicht gut genug spiele!«

»Du wirst es schon gut machen«, beruhigte Selene sie. »Und danke, ganz, ganz lieben Dank für deine Hilfe. Es ist schön, eine Freundin zu haben, auf die man sich verlassen kann, wenn man in Not ist!«

Pandia fühlte den Druck von Selenes Fingern, dann zog die Schwester ihre Hände zurück und sagte:

»Wir müssen sofort nach London aufbrechen!«

»Wie, ich soll jetzt gleich schon mitkommen?«

»Natürlich. Und wenn wir in Linbourne House sind, werden wir allerhand zu tun haben.«

Pandia stand vom Tisch auf. Sie hatte das Gefühl, ihr Kopf wäre mit Watte ausgestopft, und sie vermochte keinen klaren Gedanken zu fassen.

Leise, jedoch klar verständlich schien aus einer Ecke ihres Verstandes eine Stimme zu fragen, wie sie nur etwas so Unverantwortliches und Gefährliches tun könne. Doch sie achtete nicht darauf. Die Stimme ihres Herzens war stärker, und ihr Herz wollte Selene helfen, weil sie ihre Schwester, ihre Zwillingsschwester war.

Auch Selene erhob sich.

»Du bist immer so stolz auf deine ungarische Abstammung gewesen«, sagte sie. »Ich kann mich noch gut daran erinnern, daß Papa gesagt hat, die Ungarn seien ein sehr furchtloses und abenteuerlustiges Volk und würden keiner Herausforderung aus dem Weg gehen. Jetzt weiß ich, daß du eine echte Tochter deines Vaters bist.«

»Ja, ich erinnere mich«, antwortete Pandia. »Auch Papa war sehr mutig und verwegen, als er noch ein junger Mann war.«

Sie verließen das Speisezimmer, und Pandia empfand tatsächlich so etwas wie Stolz auf sich. Schließlich hatte sie einmal eine Entscheidung getroffen, die ihr nicht leichtgefallen war. Sie hatte sich selbst besiegt, und sie war froh, daß es nun kein Zurück mehr für sie gab.

In der kleinen Halle sagte sie:

»Ist es wirklich dein Ernst, daß ich sofort mit dir fahren soll?«

»Aber ja«, entgegnete Selene. »Clever wie ich bin, habe ich gleich eine perfekte Tarnung für dich mitgebracht, so daß keiner der Diener dich zu sehen bekommt, bis wir die Rollen getauscht haben.«

Pandia wußte nicht, was die Schwester meinte, aber sie ging die Treppe hinauf, holte ihren besten Mantel aus dem Kleiderschrank und legte ihn aufs Bett.

Als sie sich umwandte, kam Selene ins Zimmer. Sie trug etwas in der Hand, doch Pandia fragte nicht, was es sei, sondern sagte:

»Ich fürchte, ich habe nur ein schwarzes Kleid, das ich anziehen könnte. Ich habe es zu Papas Beerdigung gekauft, und ich weiß nicht, ob es gut genug ist für das, was wir vorhaben.«

Selene schaute sich das Kleid an und nickte.

»Es sieht etwas billig aus«, sagte sie, »aber es ist tatsächlich genau das, was ich mir vorstelle, denn zu diesem Kleid wirst du das hier tragen.«

Sie öffnete den kleinen Hutkarton, den sie in der

Hand hielt, und Pandia vermutete, daß sie ihn aus der Kutsche geholt hatte, die inzwischen vom »Anker« zurückgekommen war und draußen vor dem Haus hielt.

Selene nahm einen Hut hervor, zu dem ein langer schwarzer Schleier gehörte. Der Schleier würde Pandias Gesicht völlig verdecken, und er war tatsächlich das, was die Schwester eine perfekte Tarnung genannt hatte.

»Ich habe dem Kutscher und dem Diener gesagt, sie sollten draußen warten. Auf diese Weise können sie nicht mit Nanny sprechen und irgend etwas über dich erfahren«. Selene lächelte selbstbewußt. »Aber nun setz den Hut auf und komm! Aber laß den Schleier herunter, damit der Diener dein Gesicht nicht sieht, wenn er den Schlag öffnet!«

»Was soll ich denn sonst noch mitnehmen?« überlegte Pandia.

»Nichts, gar nichts«, antwortete Selene. »Alles, was du in London tragen wirst, bekommst du von mir. Meine Zofe wird sich um dich kümmern und dir alles geben, was du benötigst.«

»Deine Zofe?« fragte Pandia. »Weiß sie denn von unserem Rollentausch?«

»Aber selbstverständlich! Und sei unbesorgt, sie ist der einzige Mensch, dem ich vertraue.«

Sie ließ ein leises Lachen hören, bevor sie fortfuhr:

»Yvette ist Französin, und die Franzosen haben stets eine *Complice d'amour* in ihren Liebesaffären. Sie weiß also genau, was sie zu tun hat.«

»Eine Komplizin der Liebe«, übersetzte Pandia. »Ich erinnere mich, einmal einen Druck mit diesem Titel in einem von Papas Büchern gesehen zu haben.«

»Ja, und genau das ist Yvette«, erklärte Selene.

»Und vergiß nicht, sie ist der einzige Mensch, der weiß, daß du nicht ich bist. An sie kannst du dich immer wenden, falls es Komplikationen geben sollte.«

Sie bemerkte den Ausdruck in Pandias Gesicht und fügte energisch hinzu:

»Es wird keine Komplikationen geben! Aber nun beeil dich! Du vergeudest nur wertvolle Zeit, und ich möchte so schnell wie möglich wieder nach London zurück.«

»Gehst du heute abend schon zu ihm?«

»Was glaubst du denn?« erwiderte Selene. »George reiste heute morgen nach Paris ab, und ich denke nicht daran, auch nur auf eine einzige Sekunde zu verzichten, die ich mit meinem Liebsten zusammensein kann.«

Pandia nahm vor dem Ankleidetisch Platz. Sie setzte den Witwenhut auf und zog den Schleier vors Gesicht.

Das Gewebe war so dicht, daß es ihre Züge vollkommen verbarg und nichts vom Rotton ihres Haares ahnen ließ.

Selene war zufrieden.

Die Tarnung war sehr wirkungsvoll.

Pandia erhob sich, trat an eine Kommode und zog die Schublade auf. Während sie die schwarzen Handschuhe hervorholte, die sie bei der Beisetzung des Vaters am Tag zuvor getragen hatte, zog Selene den warmen Umhang fester um ihre Schultern.

»So«, sagte sie. »Gehen wir! Der Wagen wartet bereits. Ich glaube, es wäre gut, wenn du bei seinem Anblick die Bemerkung fallen ließest, wie elegant er ist, und wie froh du sein könnest, daß ich dich mitnehme und du nicht mit der Postkutsche zu fahren brauchst.«

»In Ordnung, mache ich«, erklärte sich Pandia einverstanden.

Mit einem leisen Kichern setzte sie hinzu:

»Du führst wirklich eine hervorragende Regie. Ganz so, wie du es früher schon getan hast, als wir noch Kinder waren. Du hattest immer die besten Einfälle, wenn es darum ging, jemandem einen Streich zu spielen.«

»Ich bin auch stolz auf mein Organisationstalent«, erwiderte Selene. »Doch komm jetzt!«

»Ich muß nur Nanny noch Bescheid sagen!«

»Aber sag ihr nur, daß du für zwei Tage mit mir nach London fährst und keine Zeit mehr hast, einen Korb voller Fragen zu beantworten. Du weißt ja, was sie für eine Vorwitznase ist.«

»Das ist nicht nett von dir«, rief Pandia heftig. »Sie hat sich immer so rührend um uns gekümmert und mehr gearbeitet, als jeder andere im Haus, weil sie genau wußte, daß wir uns keine anderen Dienstboten leisten konnten.«

Selene gab ihr keine Antwort. Sie hatte das Zimmer bereits verlassen und stieg die Treppe hinunter.

Als Pandia sie eingeholt hatte, sagte sie:

»Du mußt mit Nanny wenigstens ein paar Worte reden, bevor wir fahren. Es würde ihr das Herz brechen, wenn du aus dem Haus gingst, ohne sie begrüßt zu haben.«

»Natürlich werde ich mit ihr sprechen«, erwiderte Selene. »Und ich werde ihr erklären, weshalb du mit mir nach London kommst. Du hältst gefälligst den Mund. Solche Dinge verstehe ich besser als du!«

In der Halle angelangt, blickte sie die Schwester an und befahl:

»Schlag den Schleier hoch! Sonst kommt Nanny noch auf die Idee, du sähest aus wie eine Witwe! Oder möchtest du das?«

»Nein, nein, natürlich nicht«, antwortete Pandia kleinlaut, weil sie sich sagte, daß sie selbst darauf hätte kommen müssen.

Als sie in die Küche kamen, setzte Nanny die Schüssel nieder, die sie in der Hand gehalten hatte, und rief:

»Miß Selene, so lange waren Sie fort!«

»Ich weiß, Nanny«, antwortete Selene. »Aber sei nicht zu streng mit mir. Wie hast du immer gesagt? Besser spät als gar nicht.«

»Sie haben sich kaum verändert«, stellte Nanny fest und musterte Selene von oben bis unten. »Trotz all der Spitzen und Klunker. Sie sind noch ganz die alte, und ich nehme an, noch genauso unzufrieden.«

»Nun, Nanny, sehr freundlich bist du ja nicht zu mir«, erwiderte Selene. »Ich nehme Pandia für zwei Tage mit nach London. Etwas Abwechslung wird ihr guttun nach all den Aufregungen durch Papas Beerdigung.«

»Sie hätten gestern hiersein sollen«, sagte Nanny tadelnd. »Um ihm die letzte Ehre zu erweisen!«

»Du hast ja recht«, entgegnete Selene scheinbar zerknirscht. »Aber ich konnte mich einfach nicht frei machen, und da Pandia mir vergeben hat, solltest du es auch tun.«

Nanny blickte zu Pandia hinüber. Zum erstenmal, seit die Schwestern die Küche betreten hatten.

»Was haben Sie denn da für einen Hut auf dem Kopf, Miß Pandia?« wollte sie wissen. »Das ist doch nicht der, den Sie gestern anhatten!«

»Ich dachte mir, er würde wärmer sein« antwortete Selene, bevor Pandia noch etwas sagen konnte. »Die Fahrt nach London ist lang, besonders bei dieser Kälte. Aber mach dir keine Sorgen. Mit einem Fußwärmer an den Füßen und einer Pelzdecke auf den Knien wird sie die Reise schon überstehen.«

»Das ist gut«, murmelte Nanny. »Zur Abwechslung sorgen Sie mal für Ihre Schwester – und nicht umgekehrt, wie es früher immer war. Es ist lange her, daß Sie fortgegangen sind. Und nie haben Sie sich um Miß Pandia gekümmert. Kein Wort, keine Nachricht für sie – nicht einmal ein Päckchen zu Weihnachten!«

»Ich weiß, das war ein Versäumnis von mir«, gab Selene zu. »Aber jetzt kommt Pandia mit mir nach London, und ich werde sie für alles entschädigen.«

»So«, sagte Nanny mit einem autoritären Unterton in der Stimme, »dann denken Sie auch daran, daß Ihre Schwester ein paar neue Kleider gut gebrauchen könnte. Es ist nicht richtig, daß sie Jahr für Jahr die gleichen Sachen trägt, bis sie ihr regelrecht vom Leib fallen vor Fadenscheinigkeit, während Sie herumlaufen wie die Königin persönlich.«

»Ich muß dir recht geben, Nanny«, stimmte Selene ihr mit reuevollem Gesicht zu. »Ich werde sehen, daß Pandia einige hübsche Kleider mitbringt, wenn sie wieder nach Hause kommt.«

»Dann vergessen Sie's mal nicht«, brummte Nanny, »so wie Sie uns die vergangenen drei Jahre vergessen haben!«

Selene warf einen Blick auf die Küchenuhr und rief:

»Rasch, Pandia, wir müssen uns beeilen. Wir wollen doch vor Anbruch der Dunkelheit in London sein, nicht wahr?«

»Ja, natürlich«, rief Pandia.

Sie trat auf Nanny zu und küßte sie auf die Wange.

»Paß gut auf dich auf«, sagte sie. »Und sei nicht traurig. Ich werde wieder zurücksein, bevor du noch bemerkt hast, daß ich gegangen bin.«

Selene gab Nanny keinen Kuß. Sie stand bereits an der Tür, winkte ihr zu und rief:

»Good-bye, Nanny! 's war nett, dich wiederzusehen!«

Die beiden Schwestern eilten durch die Halle und verließen das Haus. Bei ihrem Anblick sprang der Diener vom Bock und öffnete ihnen die Kutschtür.

Wie Selene versprochen hatte, gab es einen Fußwärmer, auf den sie die Füße stellen konnten, und eine Zobeldecke, die der Diener ihnen über die Knie legte.

Als der Wagen anfuhr, ließ sich Selene behaglich in die Polster zurücksinken und meinte:

»Ich muß sagen, daß Nanny sehr alt geworden ist. Aber du wirst doch zugeben, daß ich immer noch weiß, wie sie zu behandeln ist, nicht wahr?«

»Ich wüßte wirklich nicht, was wir ohne Nanny gemacht hätten, als zuerst Mama so krank wurde – und dann Papa.«

Pandias Stimme klang ein wenig bedrückt, weil sie es nicht ertragen konnte, daß Selene von der alten Kinderfrau so abwertend und verächtlich sprach. Ihr ganzes Leben war Nanny für sie dagewesen. Schon in der Wiege waren sie ihrer Obhut anvertraut gewesen.

Jetzt erinnerte sich Pandia daran, daß Selene, als sie noch sehr klein waren, Nannys erklärter Liebling gewesen war.

»Ich finde alte Leute langweilig und anstrengend«, erwiderte Selene.

Die Art, wie sie es tat, ließ Pandia unwillkürlich fragen:

»Du sagtest, dein Mann sei älter als du. Wie alt ist er?«

Einen Augenblick sah es so aus, als würde die Schwester nicht antworten, doch dann entgegnete Selene:

»George ist fast sechzig.«

»Sechzig! Warum hast du ihn dann geheiratet?«

»Sei nicht albern, Pandia. Steinreiche Earls von Rang und von der Stellung Georges sind selten. Und die wenigen, die noch zu haben sind, werden blitzschnell die Beute ehrgeiziger Mütter, die sich für eine ihrer Töchter einen von ihnen schnappen, bevor er noch weiß, was mit ihm geschehen ist.«

»Aber er ist doch so viel älter als du!«

»Das weiß ich selbst, und ich glaubte, das spielte überhaupt keine Rolle, bevor ich Ivor begegnet bin.«

»Wer ist Ivor?«

»Du bist zu neugierig«, sagte Selene. »Auf keinen Fall werde ich dir seinen vollständigen Namen verraten, sonst könntest du einmal etwas über ihn sagen, was George zu Ohren kommt und ihn argwöhnisch macht.«

»Mein Gott, Selene, wie kannst du nur annehmen, daß ich so etwas tun würde«, rief Pandia enttäuscht. »Außerdem hast du mir ja sehr deutlich zu verstehen gegeben, daß ich von der Bildfläche zu verschwinden habe, nachdem ich für dich eingesprungen bin. Zurück in die Einöde, wohin ich gehöre. Und wie du wissen solltest, gibt es dort niemanden, mit dem ich über etwas anderes reden kann als übers Wetter und das Gemüse im Garten.«

»Ja, das stimmt«, räumte Selene ein. »Doch was Ivor betrifft, habe ich sogar Angst vor meinem eigenen Schatten. Ich sag' dir also nur so viel, daß er Russe ist. Ein russischer Prinz und so überwältigend attraktiv, daß die Frauen ihm nachlaufen, als wäre er der Rattenfänger von Hameln.«

Pandia ließ ein leises Lachen hören, und Selene lächelte auch, während sie hinzufügte:

»Aber er liebt mich. Er hat mir gesagt, daß er noch nie in seinem Leben eine Frau so geliebt habe, wie mich.«

»Wie schade, daß du mit der Ehe nicht noch etwas gewartet hast, denn dann hättest du ihn heiraten können.«

Selene drehte den Kopf und sah ihre Schwester spöttisch lächelnd an. Dann erwiderte sie:

»O Liebes, ich hatte ganz vergessen, wie unschuldig und unerfahren du bist. Ivor ist verheiratet. Natürlich, was denkst du denn! Russen werden einander verlobt, während sie noch in der Wiege liegen. Zum Glück für mich lebt seine Frau in Rußland.«

Pandia konnte das Gehörte kaum glauben. Nach einer Pause sagte sie schlicht:

»Ich verstehe ja, daß du meinst, ich sei unerfahren, Selene. Aber gleichzeitig bin ich sicher, auch Mama wäre entsetzt darüber, daß du ein Liebesverhältnis mit einem verheirateten Mann hast. Und das, obwohl du selbst verheiratet bist.«

»Falls du glaubst, ich würde so dumm sein und George verlassen, irrst du dich gewaltig«, antwortete Selene. »Ich habe nicht die Absicht, einen Skandal heraufzubeschwören. Wie du wissen wirst, ist Scheidung bei einer Frau ein folgenschwerer Makel. Eine geschiedene Frau ist in der großen Gesellschaft eine Verfemte. Sie gilt als tot, niemand beachtet sie mehr.«

Pandia holte tief Atem.

»Und obwohl dir das klar ist, willst du ein solches Risiko eingehen?«

»Es ist kein Risiko, wenn du mir hilfst«, erklärte Selene ruhig. »Wenn du morgen an der Beerdigung teilnimmst, kommt keine Menschenseele auf die Idee, ich könnte mich anderswo aufhalten. Ich kann also unbesorgt mit Ivor zusammensein – heute nacht und morgen nacht und den ganzen Donnerstag, denn George wird vor Freitag nicht aus Paris zurückkehren.«

»Er darf uns unter keinen Umständen sehen«, überlegte Pandia laut. »Als dein Ehemann würde er die Unterschiede zwischen uns sehr schnell herausfinden.«

»Es gibt keine Unterschiede zwischen uns«, stellte Selene bestimmt fest. »Niemand hat uns je auseinanderhalten können.«

Pandia schwieg einen Moment lang.

Dann sagte sie:

»Ich sprach mit Papa einmal über Zwillinge, nachdem wir die Geschichte von Kastor und Pollux durchgenommen hatten – du weißt, diese griechischen Zwillinge, die Söhne des Zeus, die die Tochter des Leukippus raubten.«

»Griechische Mythologie«, bemerkte Selene verächtlich. »Ich fand sie immer von vorn bis hinten langweilig.«

»Ich sagte zu Papa«, fuhr Pandia fort, indem sie die Bemerkung der Schwester ignorierte, »daß es für Zwillinge, die einander so gleichen wie du und ich, leicht sei, den Leuten alle möglichen Streiche zu spielen, einfach weil niemand sie unterscheiden könne.«

»Das habe ich doch gesagt«, versetzte Selene unwillig.

»Papa meinte, daß ein Mann, der eine der beiden liebt, sie sehr wohl unterscheiden könne. Jedenfalls würde die andere nie imstande sein, ihn zu täuschen.«

»Ach was, das glaube ich nicht.«

»Glaubst du wirklich, daß sich dein Prinz täuschen ließe, wenn ich an deiner Stelle zu ihm ginge?«

Selene dachte einen Moment lang nach, dann sagte sie:

»Ich weiß es nicht. Aber ich bin sicher, daß George es nicht merken würde – doch das ist etwas ganz anderes.«

»Soll das heißen, daß er dich nicht liebt?« erkundigte sich Pandia.

»Nicht auf die gleiche Weise«, erwiderte Selene. »Außerdem haben wir schon vor geraumer Zeit geheiratet, und außerdem ist George nicht mehr so jung wie Ivor.«

Was sie sagte, war sehr aufschlußreich, und Pandia fragte sich unwillkürlich, ob ihre Schwester die Wahrheit sagte, wenn sie behauptete, die Hochzeit habe ihr alles gebracht, was sie sich ersehnt hatte.

Materielle Dinge, Reichtum und gesellschaftliches Ansehen vielleicht, jedoch nicht die Liebe und das Glück, das sie in den Armen eines anderen fand.

Eine Zeitlang schwiegen die beiden. Dann konnte sich Selene nicht mehr zurückhalten, und wie in alten Zeiten begann sie zu reden und sich der Schwester anzuvertrauen.

»Als ich ihn zum ersten Mal sah, Pandia, hatte ich das Gefühl, mein Herz würde stillstehen. Ich wußte sofort, daß er der Mann war, von dem ich geträumt hatte, noch bevor ich von zu Hause fortlief«, begann Selene hastig.

»Und er empfand das gleiche für dich?«

»Ja, natürlich. Er gestand mir, daß er mich nicht für ein menschliches Wesen, sondern für eine Göttin gehalten habe, als ich durch den Ballsaal im Devonshire House auf ihn zugekommen sei. Stell dir vor, eine Göttin, die vom Olymp niedergestiegen ist!«

»Papa würde das verstanden haben!«

»Wenn Papa uns mehr von Göttern erzählt hätte, die aussahen wie wir, hätte ich meine Griechischstunden vielleicht interessanter und weniger öde gefunden«, sagte Selene lachend.

Pandia wollte ihr widersprechen, aber dann unterließ sie es. Es würde zwecklos sein.

Selene war eben anders als sie, und daran war nun einmal nichts zu ändern.

Früher hatte Pandia einmal zu ihrem Vater gesagt:

»Was können wir nur tun, damit Selene erkennt, wie aufregend die Welt der alten Griechen ist, ihre Philosophie, ihre Mystik, ihre Kunst? Wie kann man ihr klarmachen, daß es die Griechen waren, die das Denken der gesamten zivilisierten Welt beeinflußt und verändert haben?«

»Nichts können wir tun«, hatte der Vater ruhig geantwortet. »Merke dir eins, Liebling, man darf von den Menschen nicht mehr verlangen, als sie fähig sind zu geben.«

Pandia war dieser Satz nie aus dem Sinn gegangen, und sie wußte längst, daß ihr Vater mit dieser Lebensweisheit recht gehabt hatte.

In den vergangenen Jahren mußte sie begreifen, daß es sinnlos war, von Selene etwas zu erwarten, das sie nicht besaß, und ob es nun die Schönheit war, die sie mit ihren Augen sehen, mit ihren Ohren hören oder mit ihrem Herzen fühlen würde, Pandia konnte sie der Schwester nicht weitervermitteln.

Doch die Schönheiten, die Pandia und ihr Vater entdeckt hatten, fand Selene nun auf andere Weise – so befremdend es auch sein mochte, daß sie dabei verbotene Wege ging.

»Weil ich ihn liebe«, sagte Selene eben, »möchte ich so vollkommen sein, wie er mich sieht. Ich möchte so schön sein, daß er für andere Frauen keine Augen mehr hat, und so klug und gescheit, daß er nur noch mit mir reden will.«

»Ich bin sicher, es gibt keine Frau, die schöner ist als du, Liebes«, sagte Pandia.

»Das hoffe ich«, entgegnete Selene. »Und wage nur nicht, morgen so gut auszusehen, daß die Teilnehmer an der Beerdigung mir in einigen Tagen sagen, ich sei nie schöner gewesen!«

Sie stieß ein spöttisches Lachen aus.

»Das ist eins der Komplimente, die ich von englischen Gentlemen täglich erhalte. Aber du müßtest erst einmal hören, welche Dinge Ivor zu mir sagt.«

Sie seufzte glücklich und fuhr fort:

»Er nennt mich seinen Herzschlag oder vergleicht mich mit einem Stern, der vom Himmel gefallen ist und den er für immer als seinen größten Schatz festhalten wird.«

Sie sprach mit einem leidenschaftlichen Klang in der Stimme, der Pandia nicht entging.

Dann änderte sich ihr Tonfall, und sie sagte voller Panik:

»Ich will ihn nicht verlieren. Niemand wird ihn mir wegnehmen. Sollte das je einer Frau gelingen, ich würde sie töten!«

»Selene, um Himmels willen, wie kannst du so etwas sagen?«

»Klingt wohl sehr dramatisch, wie?« sagte Selene.

»Das ist das ungarische Blut in meinen Adern, und es ist Mamas Schuld, wenn ich so leidenschaftlich bin. Sie hätte einen netten, gesetzten Engländer heiraten sollen, damit wir gefühlskalte, sittsame und züchtige junge Frauen geworden wären, die es jedermann recht machen.«

»Dann wären wir wohl kaum Zwillinge geworden und würden gewiß auch nicht so schön sein«, erwiderte Pandia.

Selene lächelte.

»Vielleicht hast du recht, und vielleicht sollte ich Papa sogar dankbar sein – zumindest für die Leidenschaft, zu der ich fähig bin, wenn schon für nichts anderes!«

Sie wartete Pandias Antwort nicht ab, sondern setzte hinzu:

»Ich habe ihn gehaßt, weil Mama mit ihm durchgebrannt ist und wir auf all das verzichten mußten, was ich so gerne besessen hätte. Warum mußte es denn ausgerechnet dieser mittellose, kleine ungarische Privatlehrer sein? Warum kein Gentleman wie Großpapa?«

»Wie kannst du nur so über Papa reden?« Pandias Stimme war voller Vorwurf. »Er war doch so bezaubernd, er sah so gut aus und war so gelehrt. Ich habe schon oft gedacht, daß ich wohl nie einen Mann wie ihn finden und deshalb auch niemals heiraten werde.«

»Du wärst ganz schön dumm, wenn du nicht die erste Gelegenheit ergreifen würdest, die sich dir bietet!« stieß Selene heftig hervor. »Schließlich kannst du so nicht weiterleben – so ohne einen Menschen, mit dem du reden kannst, außer der alten Nanny!«

»Ich nehme an, mir wird wohl nichts anderes übrigbleiben«, erwiderte Pandia ohne jede Bitterkeit.

Einen Moment lang herrschte Schweigen. Dann sagte sie:

»Manchmal träume ich vor mich hin und bilde mir ein, du würdest mich so vermissen, daß du mich zu dir holst und mit deinen Freunden bekannt machst.«

Selene stieß einen schrillen Schrei aus.

»Himmel, das wird nie geschehen! Nie! Nie! Nie! Ich habe dir doch hoffentlich deutlich genug klargemacht, daß du, was unsere Verwandten und alle Freunde betrifft, die ich seit meiner Heirat kennengelernt habe, überhaupt nicht existierst. Du bist tot, Pandia! Vom gesellschaftlichen Standpunkt aus gibt es dich schon lange nicht mehr, und das solltest du niemals vergessen.«

Sie holte Atem und fuhr fort:

»Such dir einen jungen Bauern oder jemanden aus dem Dorf, den du heiratest. Das Leben auf einem Bauernhof soll doch ganz gemütlich sein, wenn ich mich recht erinnere. Und ich glaube, es würde dich glücklich machen. Du hast doch nie die Wünsche gehabt, die ich hatte!«

Pandia spürte, daß Selene sie bewußt verletzen wollte, denn die Verachtung in ihrer Stimme war nicht zu überhören. Das Gefühl einer unerträglichen Enttäuschung befiel sie plötzlich, und sie hatte das Bedürfnis, auf der Stelle nach Hause zurückzukehren.

Doch dann wurde ihr klar, daß sie sich festgelegt hatte. Sie hätte es nie zulassen dürfen, daß Selene sie für ihre selbstsüchtigen Zwecke mißbrauchte und das Gesetz des Handelns in die Hand nahm.

Selene liebte sie nicht, hatte sie nie geliebt, das war ihr jetzt klar. Sie war immer nur dann nett zu ihr gewesen, wenn sie sich einen Nutzen davon versprochen hatte.

Auch Nanny gegenüber hatte sie nie wirklich etwas empfunden. Nur ins Gesicht war sie freundlich zu ihr gewesen, während sie die alte Frau in ihrem Inneren zutiefst verachtete – die Frau, die sie aufgezogen, geliebt und ihr eine so glückliche Kindheit bereitet hatte.

Wie konnte ich dieser lächerlichen Farce nur zustimmen? fragte sich Pandia.

Sie kannte die Antwort.

Gleichgültig wie Selene zu ihr stand, Pandia liebte die Zwillingsschwester und würde es immer tun.

Zwischen ihnen bestand ein Band, das weder Gleichgültigkeit noch Herzlosigkeit zerreißen konnten.

Sie waren zur selben Zeit geboren worden, am selben Ort und unter demselben Stern. Und was immer geschah, auch wenn sie sich nie im Leben mehr wiedersehen mochten, auf irgendeine sonderbare Art und Weise waren sie unzertrennbar.

Lange Zeit schwieg Pandia.

Selene blickte sie mehrmals fragend von der Seite an, als fürchtete sie, zu unfreundlich oder besser, zu offen gegenüber der Schwester gewesen zu sein.

»Es ist müßig, an die Zukunft zu denken, Pandia«, sagte sie. »Denken wir lieber daran, daß wir jetzt zusammen sind und daß alles wieder so ist wie in alten Zeiten.«

Pandia wußte, daß Selene sie zu besänftigen versuchte, und weil sie keinen Streit ertragen konnte, ließ sie das zu.

»Du ahnst nicht, wie sehr ich mich nach einem Wiedersehen mit dir gesehnt habe«, sagte sie ruhig. »Nun gut, jetzt sind wir zusammen. Erzähl mir also von dir, damit ich mich daran erinnern kann, wenn alles – vorüber ist!«

Selene war dazu nur zu sehr bereit. Sie erzählte Pandia, wie reich ihr Mann sei, wie großzügig er sie mit Geschmeide und kostbaren Kleidern überhäufe, ihr jeden Wunsch von den Augen abläse und ihr in den verschiedenen Häusern, die er besaß, das Leben so angenehm wie möglich zu machen versuche.

»Natürlich ist er manchmal sehr starrsinnig«, sagte sie. »Aber vermutlich ist das jeder Mann, der in ein gewisses Alter kommt. So wünscht er sich zum Beispiel verzweifelt einen Sohn, und ich glaube, wenn ich ihm den schenkte, würde er mich von Kopf bis Fuß mit Brillanten behängen.«

Ihre Stimme verriet die Erregung, die sie bei dieser Vorstellung erfaßte, und sie fuhr fort:

»Und er hat versprochen, mir für den Fall seines Todes ein Vermögen zu überschreiben, so daß ich einmal eine sehr reiche Witwe sein werde.«

»Und warum hast du dann noch kein Baby?«

Pandia hatte das Gefühl, daß dies eine Frage war, auf die die Schwester nicht gern antwortete.

Doch es schien für Selene eine Erleichterung zu sein, endlich mit jemandem über dieses Thema sprechen zu können, denn sie erwiderte bereitwillig:

»Ich weiß es nicht, Pandia, und das ist die Wahrheit. Ich bin überzeugt, daß ich schon längst hätte schwanger sein müssen, aber es tut sich nichts. Fast fürchte ich, daß George zu alt ist.«

»Papa sagte immer, daß eineiige Zwillinge selten Babys bekommen«, meinte Pandia zögernd.

»Das habe ich auch schon gehört«, antwortete Selene. »Deshalb habe ich kürzlich ohne Georges Wissen einen Arzt aufgesucht. Zufällig ist er auch der Arzt der Königin.«

»Was hat er gesagt?«

»Er bezeichnete das als Unsinn, denn er könne mir Dutzende von eineiigen Zwillingen nennen, die alle Kinder zur Welt gebracht hätten.«

Selenes Stimme senkte sich zu einem Flüstern, als sie hinzufügte:

»Du darfst keinem Menschen davon erzählen, weil es sich sehr unschicklich anhört. Aber er untersuchte mich und sagte, daß bei mir alles in Ordnung sei. Tatsächlich ist er der festen Überzeugung, daß ich ohne Schwierigkeiten einem ganzen Dutzend Kinder das Leben schenken könnte.«

»Aber das ist ja herrlich!« rief Pandia.

Dann kam ihr plötzlich ein Gedanke, und sie blickte die Schwester fragend an.

»Du ... du glaubst doch nicht – Selene – daß, wenn du mit dem Prinzen zusammen bist ...«

Selene unterbrach sie, reckte das Kinn und antwortete:

»Warum nicht? George wäre verrückt vor Freude, wenn ich ein Baby bekäme, und er hätte keine Sekunde lang den Verdacht, es könnte nicht von ihm sein.«

Pandia sog tief die Luft ein.

Eine Welt schien für sie zusammenzubrechen.

Nicht in ihren wildesten Träumen hätte sie sich vorstellen können, daß es Menschen gab, die so unmoralisch und unbekümmert lebten, wie die Götter der griechischen Sagen.

Beim Studium der griechischen Mythologie mit dem Vater hatten sie schon immer die Geschichten fasziniert, in denen die Rede davon war, wie Göttinnen von gutaussehenden Menschenmännern angezogen wurden und mit ihnen ihre himmlischen Ehegatten betrogen.

Diese Geschichten waren ihr immer sehr unwirklich vorgekommen; Sagen oder Märchen, die naturhafte Kräfte beschrieben, wie Sonne, Mond und Sterne. Und nun plötzlich mußte sie feststellen, daß Selene sich genauso verhielt, wie ihre Namensschwester auf dem Olymp es getan hatte.

Weil ihr die Zwillingsschwester stets so überaus schön erschienen war, hatte Pandia oft mit den Worten an sie gedacht, die aus der Übersetzung des Vaters aus dem Griechischen stammten. An einer Stelle hieß es dort von Selene, der Mondgöttin:

> *Nachdem sie ihren lieblichen Körper im Meer gebadet hatte, legte sie die leuchtenden Gewänder an und fuhr in ihrem von schimmernden Rossen gezogenen Wagen gen Himmel.*

Pandia konnte sich die Schwester in der Rolle der Mondgöttin nur zu gut vorstellen, und wenn sie zum sternenübersäten Nachthimmel aufschaute, glaubte sie, ihre goldene Krone funkeln zu sehen, die die Dunkelheit erleuchtete.

Nun erinnerte sie sich an die Erzählung des Vaters, wie Zeus in Liebe zu Selene entbrannte und sie zur Mutter dreier Töchter machte. Aber sie liebte nicht Zeus, sondern Endymion, den schönen König von Elis, dem sein göttlicher Erzeuger ewigen Schlaf und ewige Jugend geschenkt hatte.

Doch dann rief sich Pandia zur Ordnung. Sie mußte an etwas anderes denken.

Die Geschichte der Göttin endete in einer Tragödie, und sie wünschte, daß Selene glücklich würde.

Aber wird sie dieses Glück jemals finden, wenn das, was sie tut, so falsch ist? überlegte Pandia, während die Kutsche die ersten Häuser von London erreichte.

Doch weil Selene immer noch verzückt und atemlos von Prinz Ivor redete, fand Pandia keine Antwort auf ihre Frage.

3

Linbourne House am Grosvenor Square war beeindruckend, und während Pandia die Marmorhalle betrat, verspürte sie den fast unwiderstehlichen Wunsch, das Haus unverzüglich einer eingehenden Besichtigung zu unterziehen, sich zumindest aber die Gesellschaftsräume anzuschauen.

Doch Selene eilte sofort die Treppe hinauf und zog sie entschlossen hinter sich her. Kurze Zeit später betraten sie ein Schlafzimmer, dessen hohe Fenster auf den Garten hinausgingen.

Der Raum war sehr prachtvoll und großzügig eingerichtet, und das große Himmelbett in seiner Mitte war mit seidenen Vorhängen versehen, die von einer kunstvoll geschnitzten Krone herniederfielen.

Sobald sie die Tür hinter sich geschlossen hatten, läutete Selene. Zu Pandia gewandt, sagte sie:

»Den Schleier kannst du jetzt zurückschlagen. Aber achte darauf, daß niemand außer Yvette dich sieht.«

»Das ist ein sehr großes Haus«, sagte Pandia. »Ich nehme an, die Gesellschaftsräume sind wundervoll.«

»Ich kann darin Partys für hundert Personen geben, ohne daß die Leute sich gegenseitig auf die Füße treten«, antwortete Selene prahlerisch. »Aber du solltest dir mal mein Boudoir ansehen!«

Sie öffnete eine Tür, und Pandia erblickte ein Zimmer, das genauso aussah, wie sie sich ein Boudoir immer vorgestellt hatte. Die Vorhänge und Gardinen waren leicht drapiert, das Sofa und die Sessel übersät mit Seidenkissen, und auf zahlreichen kleinen Tischen standen die verschiedensten Skulpturen und eine verschwenderische Fülle herrlicher Treibhausblumen.

Pandia fand es unglaublich, daß jemand mitten im Winter große Nelkensträuße und rote, weiße und grüne Orchideenblüten im Zimmer hatte.

Unwillkürlich dachte sie, wieviel das wohl alles gekostet hatte. In welchem Reichtum hatte Selene die letzten Jahre gelebt, während sie zu Hause jeden Penny hatte umdrehen müssen, bevor sie ihn ausgab!

Aber dann fielen ihr die Worte des Vaters wieder ein, daß es keinen Zweck habe, von den Menschen mehr zu erwarten, als sie zu geben imstande seien.

Das traf ganz bestimmt auch für Selene zu. Dennoch kam es Pandia unfaßbar vor, daß ein Mensch seinen Vater und seine Schwester so vollständig aus der Erinnerung streichen konnte, wie Selene es getan hatte.

Ich hoffe, Papa erfährt nie, wie gleichgültig er ihr gewesen ist, dachte Pandia.

Weil sie davon überzeugt war, daß er immer noch bei ihr war, verspürte sie eine schreckliche Angst, daß ihm nun die Augen über seine Tochter geöffnet werden könnten. Aber dann beruhigte sie sich damit, daß er Selene wohl trotz allem verstehen würde.

»Siehst du das Gemälde dort an der Wand?« fragte Selene. »George brachte es mir beim letzten Mal aus Frankreich mit. Es ist ein echter Boucher, und er hat mehrere tausend Pfund gekostet.«

»Es ist wundervoll!« Pandia war begeistert. »Ich habe mir immer schon gewünscht, einmal ein Bild dieses Malers zu sehen!«

Auf der gegenüberliegenden Seite des Boudoirs war eine zweite Tür, und Selene sagte:

»Dort drüben ist Georges Raum. Vor unserer Hochzeit hat er die ganze Zimmerflucht renovieren lassen, und ich durfte die Vorhänge, die Teppiche und natürlich die Leuchter, die aus Venedig kommen, aussuchen.«

»Es ist eine vollkommene Umgebung für dich«, sagte Pandia.

Das Kompliment gefiel Selene offensichtlich, denn sie lächelte Pandia an wie in den Tagen der Kindheit.

Dann hörte man Schritte, und eine Tür wurde geöffnet.

»Das ist Yvette«, sagte Selene. »Komm, wir müssen uns beeilen.«

Yvette war Französin. Ihre durchdringenden, klugen Augen schauten Selene und Pandia erstaunt an, als die beiden ins Schlafzimmer zurückkehrten.

»*C'est extraordinaire*. Ich nicht glauben können, zwei Ladys sich gleichen *justament*!«

»Aber jetzt siehst du es, Yvette«, sagte Selene. »Und niemand wird auch nur einen Moment lang auf die Idee kommen, daß ich nicht auf der Beerdigung war.«

»*Oui. C'est impossible, Madame*!«

»Dann trödeln wir nicht länger herum!« drängte Selene. »Wo ist mein Kleid? Bring es mir! Und als Umhang werde ich den meiner Schwester nehmen.«

»*Mais oui, Madame*«, stimmte Yvette zu. »Ich pakken zwei Koffer, lassen bringen nach unten. Sie geben alte Kleider von Lady für Wohltätigkeit, *pour pauvres Maîtresses*.«

Selene lachte und sagte zu Pandia:

»Yvette ist clever. Wie du siehst, wäre ich ohne sie arm dran.«

Yvette blickte Pandia an und meinte:

»Ich vorschlagen, *Mademoiselle*, Sie ausziehen und gehen zu Bett. Ich Bescheid sagen, wenn Sie wünschen Dinner auf Zimmer. Nach lange Reise *treś fatiguée*.«

»Ich werde deinen Witwenhut brauchen«, sagte Selene. »Und vielleicht hat es sogar eine Vorbedeutung, daß ich ihn trage.«

Pandia zuckte zusammen bei dem Gedanken, daß Selene ganz offensichtlich den Tod ihres Ehemannes herbeisehnte. Aber sie wußte, es war zwecklos, sie deswegen zu tadeln.

Also nahm sie den Witwenhut mit dem langen schwarzen Schleier ab und legte ihn auf einen Sessel.

Selene zog das elegante blaue Kleid aus, das sie während der Reise getragen hatte, wusch sich Gesicht und Hände und ließ sich von Yvette in ein schwarzes Kleid helfen, das demjenigen glich, das Pandia trug.

Erstaunt stellte Pandia fest, daß es ein Abendkleid war mit extrem tiefem Oberteil und einem hauchdünnen gerüschten Stück Tüll, das wie ein Schal die bloßen Schultern bedeckte. Ebenfalls aus schwarzem Tüll waren die in zwei Reihen angeordneten Biesen auf den Hüften.

Da Selene die gleiche weiße Haut und das gleiche rotschimmernde Haar besaß wie sie, hatte Pandia den Eindruck, sich selbst gegenüberzustehen.

Zum erstenmal erkannte sie, wie hinreißend sie beide in Schwarz aussahen. Und als Yvette Selenes Kleid im Rücken zugehakt hatte, sah man, daß Selenes Taille so schmal war, daß ein Mann sie mit zwei Händen umspannen könnte.

»Du siehst wundervoll aus!« rief Pandia.

»George mag mich nicht in Schwarz«, erwiderte Selene. »Ich glaube fast, er ist eifersüchtig, weil ich darin so aufreizend aussehe. Aber Ivor wird hingerissen sein.«

Pandia spürte ein Gefühl der Peinlichkeit. Wie konnte Selene in Gegenwart ihrer Zofe derart intime Dinge aussprechen? Aber Selene dachte sich wohl nichts dabei, und es schien auch nicht das erste Mal zu sein, daß sie es tat.

»Ivor ist immer hingerissen von mir, gleichgültig, was ich anhabe oder nicht anhabe«, fuhr sie unbekümmert fort. »Er sagt immer, keine Frau sei in seinen Augen so schön wie ich.«

»Wenn *Monsieur le Prince* würde sehen beide«, mischte Yvette sich ein, »er denken, er trinken zu viel Wein.«

»Meine Schwester wird er nie zu Gesicht bekommen«, antwortete Selene entschieden. »Aber nun beeile dich, Yvette, ich möchte fahren!«

Yvette brachte ein Smaragdkollier und ein Armband aus den gleichen Steinen. Nachdem sie ihrer Herrin beim Anlegen des Schmucks geholfen hatte, sagte sie:

»Ich tun Ohrringe in Handtasche, *Madame* – zusammen mit Ring. Sie anziehen, wenn ankommen.«

»Ja, natürlich«, antwortete Selene. »Hast du den Wagen bestellt?«

»*Oui, Madame*, ich bestellen bei Diener geschlossenes Brougham. Ebenfalls sagen, wie freundlich von M'lady, daß lassen bringen arme Freundin nach Haus mit viele Koffer, damit nicht mieten müssen Hackneykutsche.«

»Bravo, Yvette, du denkst an alles«, lobte Selene. »Nun noch den Witwenhut!«

Sie setzte den Hut auf, vorsichtig, um ihre Frisur nicht zu zerstören. Dann schlang Yvette ihr einen schwarzen Chiffonschal um den Hals und legte ihr Pandias schweren schwarzen Umhang über die Schultern.

Selene verzog verächtlich das Gesicht.

»Was für ein schäbiges altes Ding!« rief sie und sah die Schwester an. »Hattest du nichts Besseres anzuziehen?«

»Es ist mein bester Umhang«, erwiderte Pandia. »Ich habe ihn allerdings schon einige Zeit. Ich kaufte ihn, als Mama starb.«

»Du wirst *Mademoiselle* eins von den Capes geben, die ich kürzlich ausrangiert habe«, befahl Selene ihrer Zofe. »Sie sind ganz bestimmt besser als dieses armselige Gelumpe hier!«

»Ich machen, *Madame*«, sagte Yvette.

Bei diesen Worten steckte sie die Ohrringe in eine elegante Satinhandtasche und reichte diese Selene.

»Gut verstecken, *Madame*, aber Dummköpfe von Diener sowieso nichts merken.«

»Das kann man nie wissen«, antwortete Selene. »Am besten, wir geben ihnen erst gar keine Gelegenheit dazu.«

»*Oui, oui, Madame.*«

Selene gab Pandia einen flüchtigen Kuß und sagte:

»So, und vergiß nicht: Du fährst von hier zur Beerdigung. Danach wird man dich auf dem Schloß zu einem Imbiß erwarten. Du wirst natürlich daran teilnehmen. Aber halte dich nicht zu lange dort auf. Fahre so schnell wie möglich wieder zurück!«

»Davon hast du ja gar nichts gesagt«, rief Pandia entsetzt. »Ich muß also auch noch aufs Schloß?«

»Aber das ist doch selbstverständlich! Wo gibt's denn eine Beerdigung ohne anschließenden Leichenschmaus für die Trauergäste?«

»Aber ich kenne doch niemanden.«

»Das geht mir genauso«, antwortete Selene. »Du glaubst doch nicht, daß ich meine Zeit mit alten Leuten vergeude, die schon längst unter der Erde liegen sollten. Der Duke war schließlich schon neunzig.«

Pandia wollte sagen, daß er trotzdem ein Verwandter von Selene gewesen sei, doch die Schwester sprach bereits weiter.

»Im übrigen brauchst du den Mund nicht aufzutun. Lächle, sieh gut aus und verschwinde, sobald sich die Gelegenheit dazu bietet. Yvette wartet hier auf dich. Und am Donnerstag läßt du die Dienerschaft wissen, daß du müde bist und im Bett bleibst.«

Pandia wollte einwenden, daß sie sich gern einmal London ansehen würde, da sie die Stadt ja zuvor nie gesehen habe, doch sie war sicher, daß Selene ihr dies bestimmt nicht erlauben würde.

Die Schwester zog den schwarzen Schleier übers Gesicht, und als Yvette ihr die Tür öffnete, wandte sich Selene noch einmal um und sagte laut:

»Good-bye, Mylady. Ich kann Ihnen nicht dankbar genug sein für ihre Freundlichkeit. Sie waren so großzügig zu mir.«

Dann war sie gegangen.

Yvette schaute ihr nach, bis sie die Treppe erreicht hatte, dann kam sie ins Schlafzimmer zurück und schloß die Tür hinter sich.

»Nun, *Mademoiselle*«, sagte sie fröhlich, »*je fait attention à vous.*«

Sie schaute Pandia aufmerksam an und rief:

»*C'est extraordinaire.* Ich niemals habe gesehen Zwillinge, die sich gleichen so sehr. Und niemals zwei, so sehr, sehr schön!«

»Sie sind lieb!«, murmelte Pandia, »aber vergessen Sie nicht, daß ich eine schreckliche Angst habe, etwas falsch zu machen.«

»Keine Sorge, *M'mselle. Milor'* fort, und keiner im Haus. Machen Sie sich bequem!«

»Ich ... ich werde es versuchen!« sagte Pandia leise.

Yvette half ihr, sich zu entkleiden. Dann führte sie Pandia in ein Badezimmer, das sich auf der anderen Seite von Selenes Boudoir befand.

»Ein Badezimmer!« rief Pandia. »Das ist etwas ganz Neues für mich. Mama erzählte immer, daß die Ladys in ihren Schlafzimmern baden und das Wasser in Kannen nach oben gebracht wird.«

»*Madame* sagen, Idee von Amerika«, erklärte Yvette eifrig. »Sie sehen Bad im Haus von Duke von Marlborough und überreden *Milor'*. Haben dann auch so eine.«

Pandia lächelte.

Sie konnte sich vorstellen, wie sehr es Selene gewurmt haben mußte, daß jemand etwas Besseres und Bequemeres besaß als sie. Sie würde ihrem Mann keine ruhige Minute mehr gelassen haben, bis er ihr den Wunsch nach einem getrennten Badezimmer erfüllt hatte.

Es war ein wundervoller Raum. Die Wände waren in Rosa gehalten und zum Teil mit hohen Spiegeln verkleidet.

Das Wasser war warm und duftete angenehm. Nachdem Pandia sich mit einem weichen Badetuch abgetrocknet hatte, das mit dem aufgestickten Wappen des Earl geschmückt war, brachte Yvette ihr das herrlichste Nachtgewand, das Pandia jemals gesehen hatte.

Es war fast durchsichtig und an Hals, Saum und Ärmeln mit kostbaren Spitzen besetzt.

Als sie ins Bett stieg und feststellte, daß Laken und Kissenbezüge ebenfalls mit Spitzen besetzt waren, kam sie sich vor, wie die Prinzessin in einem Märchen.

Das Dinner, das ihr nach oben gebracht wurde, war hervorragend, und Pandia wünschte sich, sie hätte es zusammen mit ihrem Vater einnehmen können.

Als Ungar hatte er eine Schwäche für gutes Essen gehabt, und die Mutter und Nanny hatten sich immer viel Mühe mit der Zubereitung der verschiedensten Gerichte gegeben, um ihn zufriedenzustellen.

Papa würde hingerissen sein, dachte Pandia, während sie eine Mousse aß, die gleichsam auf der Zunge zerging.

Es folgte eine Reihe anderer unbekannter Speisen, eine raffinierter und schmackhafter angerichtet als die andere. Darunter Köstlichkeiten, deren Namen Pandia bis zu diesem Abend nicht einmal gekannt hatte.

»Gütiger Himmel, wenn ich jeden Tag so viel essen würde, wäre ich schon bald kugelrund«, sagte sie zu Yvette, nachdem sie das Dinner beendet hatte.

Die Zofe lachte.

»Sie doch so dünn, *M'mselle*. Aber auch Ihre Ladyschaft immer Angst haben um Taille. Deshalb oft nicht essen, was ist *très désagréable.*«

Die Art, wie Yvette sprach, entzückte Pandia, doch sie dachte, daß sie es zu Hause wohl kaum schaffen würde, einmal ein paar Kilo zuzunehmen.

Nachdem Yvette abgetragen hatte, brachte sie Pandia einen Stoß Zeitungen und Magazine aus dem Boudoir.

Pandia lehnte sich in die Kissen zurück, blätterte in »The Ladies Journal« und schaute sich die Bilder mit den Schönheiten der großen Gesellschaft an.

Keine von ihnen konnte Selene das Wasser reichen. Ein Bild der Schwester gefiel ihr besonders gut, und sie nahm sich vor, Selene am nächsten Tag zu bitten, ihr dieses Bild zu überlassen.

Vielleicht stand schon oft in den »Hofnachrichten« etwas über sie, das ich übersehen habe, dachte Pandia. Doch dann fiel ihr ein, in diesem Fall hätte sie gar nicht wissen können, daß von ihrer Schwester die Rede war, weil sie da deren neuen Namen ja noch gar nicht kannte.

Es kränkte sie immer noch, wenn sie daran dachte, daß ihre Zwillingsschwester es übers Herz gebracht hatte, sie so völlig aus ihrem Denken zu verbannen. So vollständig, daß sie ihr nicht einmal eine Nachricht von ihrer Vermählung geschickt hatte.

Doch dann spürte sie, wie ihr die Augen zufielen. Die Anstrengungen der letzten Zeit machten sich bemerkbar: die aufopfernde Pflege des todkranken Vaters, die Beerdigung am Vortag, das Wiedersehen mit Selene und die Fahrt nach London.

Sie blies die Kerze aus und schloß die Augen.

Bevor sie sich in ihre eigene Traumwelt hineingleiten ließ, mußte sie an die morgige Beerdigung denken und verspürte eine seltsame Unruhe in sich aufsteigen, als sie die Rolle vor sich sah, die sie dort zu spielen hatte.

Was würde sein, wenn jemand merkte, daß sie nicht Selene war?

Was, wenn man ihre Maske durchschaute?

Da sie wußte, wie wütend Selene sein konnte und welche Schwierigkeiten eine solche Entdeckung heraufbeschwören würde, sandte sie ihrer Mutter ein kleines Gebet.

»Bitte, Mama, du weißt doch, wie man sich bei solchen Anlässen zu benehmen hat, hilf mir! Hilf, daß es mir gelingt, alle zu täuschen. Laß nicht zu, daß einer von ihnen Verdacht schöpft und mich entlarvt!«

Dann erinnerte sie sich an Selenes Worte, die gesagt hatte, das ganze sei eine Herausforderung, der kein Ungar ausweichen würde, und nun war es ihr, als sähe sie ihren Vater vor sich, der ihr aufmunternd zublinzelte.

»Ich wünschte mir so sehr, du könntest mitkommen, Papa«, flüsterte sie. »Du hast dich vom Pomp und vom Reichtum des englischen Adels nicht beeindrukken lassen und Mama überredet, mit dir zu fliehen. Wenn du so etwas fertiggebracht hast, weshalb sollte ich mir da Sorgen machen wegen einer harmlosen Beerdigung.

Yvette weckte Pandia in aller Frühe, weil sie, wie sie erklärte, eine geraume Zeit für ihre Frisur benötigte.

Wie sich herausstellte, sollte Yvette mit dieser Vermutung recht haben, denn Pandias Haar war für eine Frisur, wie Selene sie trug, eigentlich zu lang und zu schwer.

Doch als Yvette dann ihre Arbeit beendet hatte, schien sie mit dem Ergebnis äußerst zufrieden, und beim Blick in den Spiegel glaubte Pandia im ersten Moment, Selene vor sich zu sehen, so sehr glich sie der Schwester.

»Ich noch nicht fertig, *M'mselle!*« sagte Yvette.

»Wenn *Milor'* nicht da, *Madame* immer gebrauchen ein wenig Puder für Gesicht und kleine Hauch von Tusche für Wimpern.«

»Mama würde dies als sehr unschicklich für eine Dame der Gesellschaft angesehen haben«, sagte Pandia. »Ich weiß, daß Schauspielerinnen so etwas tun, aber keine Ladys.«

»Oh, viele Ladys tun heimlich in Schlafzimmer«, sagte Yvette. »Sie nicht können zulassen, daß Freudenmädchen sind mehr attraktiv als Ladys.«

Pandia lachte.

»Das wäre wirklich schlimm!«

Sie sprach mit einem amüsierten Unterton, und Yvette meinte:

»Männer sind Männer, *M'mselle*, und schöne Gesicht unwiderstehlich!«

Pandia fragte sich, ob das auch für Selenes Mann galt. Gewiß hatte er noch nie jemand anderes angeschaut als sie.

Selene war einfach zu schön. Auch eine Schauspielerin oder Tänzerin hatte neben ihr keine Chance.

Obwohl der Gedanke sie schockierte, verstand sie den Prinzen. Kein Wunder, daß er von Selenes Schönheit hingerissen war – und nicht nur er, sondern auch eine Anzahl anderer Männer.

Yvette war dabei, mit einem Bürstchen ihre Wimpern zu färben. Die Wirkung war phantastisch. Pandias Augen erschienen jetzt noch ausdrucksvoller als sonst.

Anschließend kamen die Lippen und die Wangen an die Reihe. Yvette verstärkte das Rot der Lippen kaum merklich, dennoch hob es sich von dem Rouge auf den Wangen deutlich ab.

Pandia starrte gebannt auf ihr Spiegelbild. Sie sah nun tatsächlich haargenau so aus wie Selene, als diese gestern abend das Haus verließ.

Obwohl die Schwester davon gesprochen hatte, daß Pandia zur Beerdigung ihre, Selenes, Kleider anziehen müsse, war sie erstaunt, wie ernst Yvette diese Anweisung ihrer Herrin nahm. Die Zofe kleidete Pandia von Kopf bis Fuß mit der Garderobe Selenes ein.

Noch nie hatte Pandia einen so reizenden, mit Spitzen besetzten Seidenunterrock getragen, und die schwarzen Seidenstrümpfe verliehen ihren Beinen eine Schlankheit und Eleganz, daß sie kaum glauben konnte, daß es ihre eigenen waren.

Der glockenförmige Unterrock besaß einen Spitzeneinsatz über dem anderen und endete am Saum in einer kostbaren Seidenrüsche.

Yvette half ihr, das schwarze Kleid überzustreifen. Es war himmelweit verschieden von allem, was Pandia bisher getragen hatte.

Arme und Hals wurden von hauchdünnem Chiffon bedeckt, und die schwarzen Samtschleifen, die Rock und Oberteil zierten, schienen fast zu verspielt und ganz gewiß zu elegant für ein Trauerkleid.

Als letztes legte Yvette ihr ein Perlenhalsband um den Hals. Es folgten dazu passende Perlenohrringe und ein Armband.

»Ist es überhaupt korrekt, bei einer Beerdigung Schmuck zu tragen?« erkundigte sich Pandia ein wenig beunruhigt.

»*Oui,* Perlen *convenable* für Trauer«, erwiderte Yvette. »Bedeuten Tränen.«

Pandia lauschte ihr aufmerksam, als sie fortfuhr: »*Mais si quelqu'un me donnait des Perles* , ich nicht weinen, ich jubeln vor Freude. Nicht verlieren, *M'mselle*. Haben gekostet *Milor' beaucoup d'argent.*«

»Da bin ich sicher!« sagte Pandia.

Als dann der Diener an die Tür klopfte und meldete, die Kutsche sei vorgefahren, holte Yvette einen Umhang aus schwarzem Astrachan aus dem Kleiderschrank. Er besaß einen hohen Chinchillakragen, und dazu gehörte ein kleiner Muff aus dem gleichen Fell für die Hände.

Ein kleiner Hut aus schwarzem Samt vervollständigte das Ensemble. Er paßte genau zu dem Kleid, das Pandia trug, und war mit mehreren schwarzen Federn geschmückt.

»Ich bin überzeugt davon, daß ich viel zu auffallend aussehe«, sagte Pandia ängstlich. »Sollte ich nicht auch einen Schleier haben?«

»Wie *Madame*?« Yvette schüttelte den Kopf. »Schleier verdecken schönes Gesicht!«

Pandia erinnerte sich, daß schwarze Schleier nur für die Witwe, die Schwestern und Töchter des Duke vorgeschrieben sein würden, falls es diese gab.

Gleichzeitig jedoch spürte sie, daß die ungewohnte Kleidung, die sie trug, ihr Selbstbewußtsein stärkte, und stolz erhobenen Hauptes schritt sie die Treppe hinunter in die Halle.

Erleichtert stellte sie fest, daß die diensttuenden Lakaien sie nicht anstarrten, sondern dienstbeflissen herbeieilten, um ihr die Tür zu öffnen.

Zwei von ihnen rollten einen roten Teppich für sie aus, über den sie die Freitreppe hinunterschritt, und einer öffnete den Wagenschlag und half ihr beim Einsteigen. Dann breitete er eine Decke aus Zobelpelz über ihre Knie.

Wie am Tag zuvor gab es einen Fußwärmer und ein Satinkissen für ihren Rücken.

Der Butler und die Diener verbeugten sich, während der Wagen sich in Bewegung setzte.

Es war ein anderer Wagen als der, mit dem sie und Selene gestern gefahren waren, kleiner und leichter, und sobald der Verkehr in den Straßen nicht mehr so dicht war, fielen die Pferde in einen scharfen Trab.

Pandia erinnerte sich daran, daß der Duke in der Nähe von Windsor Castle gewohnt hatte, und Yvette hatte ihr erklärt, daß sie etwa anderthalb Stunden bis zu der Kirche brauchen würden, in der die Beisetzung stattfinden sollte.

Zum Glück hatte der Kutscher etwas mehr Zeit für die Fahrt angesetzt, da er mit Behinderungen rechnete und in jedem Fall pünktlich sein wollte.

Eine vorausschauende Entscheidung, wie sich zeigte, als sie das offene Land erreichten.

Der Himmel war grau und wolkenverhangen, und ein kalter Wind wehte.

In der Nacht hatte es geschneit, und auch jetzt sah es wieder nach einem Schneefall aus, der die Ankunft verzögern konnte.

Es wäre unklug gewesen, zu spät zu kommen, denn in ihrer Situation kam es darauf an, die Aufmerksamkeit der anderen nicht unnötig auf sich zu ziehen.

Pandia atmete deshalb erleichtert auf, als sie eine Viertelstunde vor Beginn des Trauergottesdienstes vor dem Portal der grauen Steinkirche anhielten.

Eine Gruppe von Männern in Gehröcken stand unter dem Vorbau, und Pandia wußte, daß es die Platzanweiser waren.

Sie war daher auch nicht überrascht, als einer von ihnen, ein Mann mittleren Alters, ihr die Hand entgegenstreckte und sagte:

»Wie liebenswürdig von Ihnen, Komteß, in Vertretung ihres Herrn Gemahls an der Beisetzung teilzunehmen. Er unterrichtete mich brieflich von seiner Reise nach Frankreich, die ihm ein persönliches Erscheinen leider unmöglich mache.«

»Ja, er bedauert es sehr, nicht dabei sein zu können«, antwortete Pandia leise.

»Ich darf Ihnen Ihren Platz zeigen«, sagte der Gentleman.

Sie betrat die Kirche und fand sie bis fast auf den letzten Platz besetzt. Und während sie durch den Mittelgang nach vorne ging, bemerkte sie, wie alle den Kopf nach ihr drehten und sie neugierig mit Blicken verfolgten.

Da Selene sie vorbereitet hatte, war sie nicht überrascht, daß der Mann sie bis zur ersten Bankreihe führte. Die Bank links vom Mittelgang war für die nächsten Anverwandten des verstorbenen Duke reserviert, die bereits anwesend zu sein schienen. Die erste Reihe auf der rechten Seite des Kirchenschiffes dagegen war noch leer.

Pandia ging in die Bank hinein und fand auf dem mittleren Platz eine Karte mit dem Namen des Earl. Der Name auf der Karte links von ihr, war, wie sie im Vorbeigehen mit einem raschen Blick feststellen konnte, der des Marquis von Orlestone.

Sie kniete zu einem kurzen Gebet nieder und flehte inständig um den Beistand des Himmels, daß ihr kein Fehler unterlaufen möge und daß Selene, wenn sie mit ihr zufrieden wäre, sich vielleicht dazu bereit fand, sie dann und wann einmal zu besuchen.

Pandia erhob sich, um auf der Sitzbank Platz zu nehmen. Dabei stellte sie fest, daß links von ihr nun ein älterer Gentleman saß, der die Uniform eines Lord Lieutenants trug. Auf der anderen Seite hatte sich ein weit jüngerer Mann niedergelassen.

Sie wandte den Kopf und streifte ihn mit einem kurzen Blick. Dabei sah sie, daß er sie mit dem Ausdruck unverhohlener Bewunderung anstarrte.

Er war ein ungewöhnlich gutaussehender Mann, obwohl er nicht dem gängigen Typ des eleganten Gentleman entsprach. Er war groß und breitschultrig und erinnerte sie auf eine Art und Weise, die sie nicht beschreiben konnte, an ihren Vater.

Als ihre Blicke einander begegneten, lächelte er und sagte leise:

»Wir sollten uns miteinander bekannt machen. Wie ich sehe, vertreten Sie Ihren Gatten. Ich bin Silvester Stone und bin als Vertreter meines Vaters hier.«

Da Pandia glaubte, es bestünde keine Notwendigkeit, auf seine Worte zu antworten, lächelte sie ihm nur freundlich zu.

»Ich hasse Beerdigungen«, flüsterte Lord Silvester Stone. »Nehme an, es ergeht Ihnen auch so. Kann nur hoffen, daß man mich nach meinem Tod ins Meer wirft oder in einen Vulkankrater. Halte das für einen weitaus besseren Weg, einen Leichnam loszuwerden!«

Die Art, wie er sprach, reizte Pandia zum Lachen. Doch weil sie fürchtete, es könnte jemand bemerken und Anstoß daran nehmen, sagte sie:

»Bitte – bringen Sie mich nicht zum Lachen. Ich bin sicher, alle würden entsetzt darüber sein.«

»Niemand hier interessiert sich für Sie«, antwortete Lord Silvester mit einem Augenzwinkern. »Alle sind jetzt nur mit der Frage beschäftigt, was der liebe Dahingeschiedene ihnen wohl vermacht haben könnte. Bei einer Beerdigung denkt kaum jemand an etwas anderes!«

Wieder brauchte Pandia ihre ganze Selbstbeherrschung, um nicht in Lachen auszubrechen.

Entschlossen wandte sie sich von ihm ab und schaute vor sich hin. Sie streckte die Hand aus und griff nach dem Gottesdienstprogramm, das man ihr bei ihrem Eintritt in die Kirche ausgehändigt hatte. Als sie es aufschlug, sah sie, daß es die üblichen Kirchenlieder enthielt, die bei einem Trauergottesdienst gesungen wurden: »Verzeih mir, Herr!« und »Vorwärts, Soldaten Christi, all!«

Doch während sie so tat, als wäre sie in die Texte vertieft, war sie sich bewußt, daß Lord Silvester nicht aufhörte, ihr Gesicht zu betrachten.

Obwohl Pandia sich einzureden versuchte, wie lächerlich es sei, spürte sie, wie sie bis in die Haarwurzeln errötete.

Erleichtert atmete sie auf, als der Chor in die Kirche einzog, gefolgt von den Leichenträgern mit dem Sarg, den sie mitten im Altarraum niedersetzten.

Als der Gottesdienst begann und Pandia niederkniete, um zu beten, sagte Lord Silvester neben ihr mit leiser Stimme, die nur sie hören konnte:

»Sie sind hinreißend schön. Als ich Sie das erste Mal anschaute, glaubte ich zu träumen. Ich hatte das Gefühl, Sie müßten aus einem der Kirchenfenster herausgetreten sein.«

Pandia tat so, als hätte sie seine Worte nicht vernommen, aber er fuhr fort:

»Nein, das stimmt nicht! Sie sehen nicht aus wie eine

christliche Heilige. Sie müssen direkt aus dem Olymp kommen und ich frage mich, welchen Namen Sie im Kreis der Götter tragen.«

Weil sie das, was er sagte, so treffend fand, verzog sie die Lippen zu einem Lächeln und wandte ihm einen Moment lang das Gesicht zu, um ihn anzusehen.

»Sie haben wundervolle Augen«, flüsterte Lord Silvester hingerissen, während der Geistliche mit monotoner Stimme zum Gebet aufforderte.

Während sich alle von den Plätzen erhoben, gelang es Pandia, dem Lord zuzuwispern:

»Bitte – die Leute hinter uns werden empört sein über Ihr Benehmen!«

»Sie kommen doch anschließend auch aufs Schloß, nicht wahr?«

Sie nickte unauffällig.

»Dann reden wir dort miteinander.«

Den Rest des Gottesdienstes verhielt er sich ruhig, dennoch war sich Pandia seiner Gegenwart an ihrer Seite sehr lebendig bewußt.

Irgend etwas ging von ihm aus, das es unmöglich machte, sich seiner Wirkung zu entziehen.

Er besitzt etwas, dachte sie, das von jedem, der in seine Nähe kommt, Beachtung und Aufmerksamkeit fordert.

Man kann ihn nicht übersehen, er hat eine Ausstrahlung, zieht die Menschen in seinen Bann – ob sie wollen oder nicht.

Sie wußte, daß es gewisse Schwingungen waren, die er aussandte. Sie hatte sich oft genug mit ihrem Vater darüber unterhalten.

»Wenn du oder ich eines Tages in den Bergen oder sonstwo auf Buddha oder Mohammed oder sogar Jesus treffen würden, glaubst du, wir wären imstande, sie als besondere Persönlichkeiten zu erkennen, ohne daß wir wüßten, wer sie sind?« hatte sie ihren Vater einmal gefragt.

»Aber natürlich«, hatte er geantwortet. »Die Schwingungen, die von ihnen ausgingen, müssen ungewöhnlich stark und intensiv gewesen sein.«

»Schwingungen?«

»Ja, Schwingungen! Magnetische Strahlen, oder wie die Griechen es nannten 'Lichtstrahlen', deren Quellen sie im Solarplexus ihrer Helden und Götter ansiedelten.«

Pandia erinnerte sich, daß sie Zeichnungen und Gemälde davon gesehen hatte, und ihr Vater fuhr fort:

»Die Christen verlegten diese Kraftquelle bei ihren Heiligen dann ins Gehirn und stellten sie mit einem Lichtkranz ums Haupt – dem sogenannten Heiligenschein – dar. Der Heiligenschein ist also ein Symbol für das, was wir alle mehr oder weniger stark ausstrahlen, und es ist die Art und Weise, wie das, was wir Seele nennen, sich in der Welt bemerkbar macht.«

Und nun spürte Pandia, wie diese unsichtbaren Strahlen oder Schwingungen von Lord Silvester auf sie übergingen. Und unwillkürlich stellte sie sich die Frage, ob etwas Ähnliches nicht umgekehrt auch von ihr zu ihm geschah.

Doch dann schalt sie sich eine Närrin, der die ungewohnten eleganten Kleider und die ungewöhnliche Situation, in der sie sich befand, zu Kopf gestiegen waren.

Sie war eben noch sehr unerfahren und hatte bisher nur wenige Menschen kennengelernt. Nur deshalb hatte sie solche Ideen.

Aber hatte der Vater nicht auch davon gesprochen, daß jeder Mensch diese Schwingungen besitzt, der eine stärker, der andere schwächer?

Ihr Vater selbst war ja ein hervorragendes Beispiel für die Richtigkeit seiner Theorie. Auch er war eine Persönlichkeit mit einer ungewöhnlich starken Ausstrahlung gewesen. Pandia war fest davon überzeugt, daß dies nicht nur ein subjektiver Eindruck von ihr war, weil sie ihn so über alles liebte.

Im Gegenteil!

Immer wieder hatte sie die Erfahrung gemacht, daß er auf alle, die mit ihm in Berührung kamen, einen nachhaltigen Eindruck machte. Sie konnte sich nicht erinnern, daß es einen Menschen gegeben hatte, der ihn kennenlernte und nicht von ihm fasziniert gewesen war.

»Ihr Vater, Miß Pandia, mag ja kein Engländer gewesen sein«, hatte einer der Bauern auf der Beerdigung zu ihr gesagt, »aber er war ein Gentleman, und ich wüßte nichts, was man Größeres zum Lob eines Mannes sagen könnte.«

Pandia war gerührt gewesen, derartiges aus dem Mund eines rechtschaffenen Mannes zu hören. Sie war sich bewußt gewesen, daß dieser Bauer ihrem Vater die höchste Anerkennung gespendet hatte, die es für ihn gab.

Die Frauen im Dorf hatten ihren Gefühlen auf andere Weise Ausdruck verliehen.

»Wir kennen keinen Mann, der so liebenswürdig ist, wie Ihr Daddy«, hatten sie ihr immer wieder gesagt. »Er hat das gewisse Etwas, wenn Sie verstehen, was wir damit meinen. Und genau diese Eigenschaft haben Sie von ihm mitbekommen!«

Weil Pandia nur so wenige Männer aus ihrer Gesellschaftsschicht kannte, mit denen sie den Vater vergleichen konnte, hatte sie sich im stillen oft gefragt, ob er tatsächlich eine so außergewöhnliche Persönlichkeit sei, wie sie es glaubte.

Doch ihre Mutter, die ihn aufs innigste liebte, hatte ihr immer wieder die Bestätigung gegeben.

»Wie hätte ich deinem Vater widerstehen können«, sagte sie oft. »Er brauchte mich nur anzusehen, dann schmolz ich dahin vor lauter Hingabe. Ich fühlte mich unwiderstehlich von ihm angezogen, und als er mir schließlich eröffnete, daß er mich liebe, und mich bat, mit ihm fortzugehen, habe ich keine Sekunde lang gezögert.«

»Das war sehr mutig von dir, Mama!«

»Nein, Darling, es war reiner Egoismus, denn ich habe meine Eltern und meine Brüder damals sehr verletzt. Doch es war meine einzige Chance, glücklich zu werden. Ohne deinen Vater, dessen bin ich mir voll und ganz bewußt, hätte ich die Liebe, das Kostbarste und Vollkommenste, das es im Leben gibt, nie kennengelernt!«

Papa war ganz sicher ein beeindruckender Mensch, dachte Pandia, während der Sarg des Duke von sechs Männern zum Westportal getragen wurde. Doch weshalb empfinde ich für den Mann neben mir ein ähnliches Gefühl, wie ich es für Papa empfunden habe?

Sie versuchte sich einzureden, einem Irrtum zu unterliegen, versuchte, sich ganz auf das Geschehen in der Kirche zu konzentrieren. Sie erhob sich mit den Trauernden und verließ wie diese die Bank, um sich mit ihnen dem Sarg anzuschließen. Aber schon schob sich Lord Silvester neben sie und schritt mit ihr durch den Mittelgang.

»Dann lieber heiraten, als dieser Pomp und dieses Getue für jemanden, der nichts mehr davon hat«, murmelte er.

Wieder stieg ein Lachreiz in Pandia auf. Doch im letzten Augenblick rief sie sich zur Ordnung, und es gelang ihr, bei seinen Worten keine Miene zu verziehen. Das Kinn erhoben, den Blick starr nach vorn gerichtet und die Hände in ihrem Muff fest ineinander verschränkt, folgte sie dem Sarg.

Der Duke wurde in der Familiengruft beigesetzt, die sich draußen an der Kirchenmauer, gleich in der Nähe des Westportals befand.

Die Trauergemeinde scharte sich um das offene Grab, und Pandia stellte fest, daß es nur wenige Leidtragende gab.

Sie sah eine uralte Frau, die sich schwer auf ihren Stock stützte. Dann waren da drei noch sehr junge Mädchen, vermutlich ihre Enkelinnen oder sogar Urenkelinnen. Außerdem gehörten einige Gentlemen ab vierzig und älter dazu, die barhäuptig in dem eiskalten Wind standen.

Es hatte wieder zu schneien begonnen, und es herrschte eine derartige Kälte, daß Pandia spürte, wie ihr ein Frösteln über den Rücken lief.

Plötzlich ergriff Lord Silvester ihren Arm und zog sie mit sich in Richtung Kirchentür.

»Nein, bitte!« sagte sie rasch. »Ich kann nicht gehen, bevor die Beisetzung zu Ende ist!«

»Meine Mutter pflegte zu sagen, daß eine Beerdigung im Winter eine ganze Reihe anderer mit sich zieht«, erwiderte Lord Silvester. »Warum wollen Sie sich unbedingt eine Lungenentzündung holen?«

»Ich glaube, diese Angst brauchen Sie nicht zu haben.«

»Na gut, dann hole ich mir eben was, wenn wir hier noch lange herumstehen – und ehrlich gesagt, habe ich dazu nicht die geringste Lust!«

Er hielt noch immer ihren Arm umfaßt und zog sie in die Kirche hinein.

Dabei sagte er:

»Wir werden jetzt zusehen, daß wir so schnell wie möglich aufs Schloß kommen. Und wenn unsere Verwandten nur etwas mehr Verstand besäßen, hätten sie es nicht zugelassen, daß Lady Anne in dieser Kälte auch nur einen Schritt vor die Tür macht!«

»Lady Anne?« fragte Pandia.

»Die Schwester des Duke, die bei ihm lebte. Sie ist siebenundachtzig und viel zu alt, um bei diesem Sauwetter hier herauszukommen – wenigstens nicht zu Fuß.«

Lord Silvester zwinkerte ihr bei diesen Worten zu, und weil sie sich von einem neuerlichen Protest nichts versprach, ließ Pandia es zu, daß er sie durch die Kirche zu einem Seitenportal geleitete, das zu dem Platz führte, auf dem die Kutschen warteten.

»Darf ich in Ihrer Kutsche mitfahren?« fragte er. »Ich werde meinem Kutscher sagen, daß er uns folgt.«

Er half ihr in den Wagen, und ohne ihre Antwort abzuwarten, bedeutete er dem Diener, nicht eher abzufahren, bis er seinem eigenen Kutscher Bescheid gesagt hatte.

Nach knapp einer Minute war er zurück, ließ sich neben ihr auf dem Sitz nieder und zog die Pelzdecke halb über seine Knie.

Die Pferde setzten sich in Bewegung, und er wandte sich ihr zu und fragte:

»Wollen Sie mir jetzt antworten?«

»Worauf?»

»Welche der Göttinnen Sie sind?«

»Mein Name ist Pandia!«

Noch während sie sprach, wurde ihr bewußt, welch verhängnisvoller Fehler ihr da, verwirrt durch Lord Silvesters Nähe, unterlaufen war.

In dem Bemühen, das Gesagte zurückzunehmen, sagte sie hastig:

»Das heißt, so hat mich mein Vater immer gerufen. Alle anderen kennen mich nur unter meinem anderen Namen: Selene.«

»Selene, so so!« erwiderte er. »Ich persönlich habe sie nie besonders gemocht. Sie hat mir etwas zu oft die Liebhaber gewechselt, und ich fand es von ihr äußerst unfair, ihren Vater Zeus so lange zu bedrängen, bis er den armen Endymion zu ewigem Schlaf verdammte!«

Pandia lachte, was ihr wie eine Befreiung erschien, nachdem sie sich in der Kirche so lange hatte zusammennehmen müssen.

»Pandia dagegen, das ist schon etwas anderes«, fuhr er fort. »Soweit ich mich erinnere, glänzte sie durch ihre Schönheit unter den Unsterblichen.«

Pandia sah ihn erstaunt an.

»Woher wissen Sie das alles? Wie kommen Sie zu dieser Kenntnis über die griechischen Götter und Göttinnen?«

»Zufällig eine Sache, die mich interessiert«, antwortete Lord Silvester. »Und was hinzukommt: Die Götter waren mir gnädig, denn die Beschäftigung mit diesen Dingen erwies sich als äußerst einträglich für mich.«

Pandias Blick verriet Fassungslosigkeit.

Dann sagte sie nachdenklich:

»Stone? Sie sind doch nicht etwa Silvester Stone?«

»Sie haben von mir gehört?«

»Naturlich! Ich liebe 'Vergessene Sprachen'. Und Papa war ebenfalls begeistert davon. Er hielt es für das interessanteste Buch, das jemals über dieses Thema geschrieben wurde.«

Lord Silvester starrte sie fassungslos an.

»Wollen Sie damit sagen, daß Sie es ebenfalls gelesen haben?«

»Ich habe jedes Wort dieses Buches genossen. Es ist das einzige mir bekannte Werk, daß mir das Verständnis für das Sanskrit ein wenig nähergebracht hat. Und was Sie über die griechische Sprache schreiben, half Papa ganz enorm bei der Übersetzung weiter, an der er damals arbeitete.«

»Übersetzung?« rief Lord Silvester. »Wie ist denn der Name Ihres Vaters?«

»Micklos Hunyadi.«

Lord Silvester stieß einen überraschten Laut aus und griff nach ihrer Hand.

»Nun verstehe ich, weshalb ich bei Ihrem Anblick gleich an eine Bewohnerin des Olymp denken mußte. Nur eine griechische Göttin kann eine so gerade kleine Nase haben wie Sie.«

»Haben Sie Papas Übersetzungen gelesen?«

»Jede von ihnen. Woran arbeitet er im Augenblick?«

Pandia blickte zur Seite.

»Papa ist – tot.«

Sie wollte schon hinzufügen, er sei erst letzte Woche gestorben, als sie sich daran erinnerte, daß die Kleidung, die sie trug, ihm in diesem Fall als sehr unpassend erscheinen mußte. Eine Frau, die vor einer Woche erst ihren Vater verloren hatte, zeigte sich ganz gewiß nicht in einem chinchillabesetzten Cape in der Öffentlichkeit.

»Das tut mir leid«, sagte Lord Silvester. »Nicht nur, weil Sie ihn verloren haben, sondern weil jedes Wort, das er schrieb, wie ein Licht in einer sehr dunklen Welt war.«

Pandia stieß einen tiefen Seufzer aus.

»Wie können Sie so etwas ...« Sie verstummte, schwieg einen Moment und verbesserte sich dann, indem sie sagte: »Aber natürlich, wenn ich an Ihre Schriften denke, dann ist es verständlich, daß Sie so etwas Wundervolles über Papa sagen.«

Sie erinnerte sich an die Worte ihres Vaters, nachdem er »Vergessene Sprachen« gelesen hatte.

»Ich mußte dieses Buch bestellen, obwohl wir uns diesen Luxus eigentlich nicht leisten können. Und nun, da ich es gelesen habe, bin ich hingerissen. Ich konnte es einfach nicht beiseite legen und habe die ganze Nacht gelesen, bis ich es aus hatte. Ich bin sicher, du wirst ebenfalls begeistert davon sein.«

Pandia war begeistert gewesen.

Silvester Stone, wer immer das auch sein mochte, lag genau auf der Linie ihres Vaters, und er hatte die Veden aus dem Sanskrit auf eine Weise übertragen, daß Pandia plötzlich vieles verstanden hatte, war ihr bis dahin unklar geblieben war.

Außerdem hatte er einige Fragmente des altägyptischen Totenbuches entdeckt, die, wie ihr Vater sagte, seit den Tagen der Pharaonen verschollen gewesen waren.

Auch Pandia hatte nicht mehr aufhören können zu lesen. Jedes Wort hatte für sie gefunkelt wie ein Juwel, und die wunderbaren, tiefgründigen Einsichten, die das Buch ihr vermittelte, hatten sie in einen regelrechten Rauschzustand versetzt.

So wie es für den Vater eine wertvolle Hilfe bei seinen Übersetzungen gewesen war, war es für sie eine Hilfe geworden, ihm zu helfen.

»Ich hätte nie geglaubt, daß ich Ihnen einmal begegnen würde«, sagte sie laut.

»Und ich hätte nie geglaubt, daß jemand wie Sie tatsächlich auf der Welt existiert«, erwiderte Lord Silvester.

Weil seine Stimme einen sehr eindringlichen Klang angenommen hatte und sie sich mit einem Mal bewußt wurde, daß er immer noch ihre Hand umschlossen hielt, entzog sie ihm diese hastig und vergrub sie wieder in ihrem Muff.

»Woran arbeitete Ihr Vater, bevor er starb?« wollte Lord Silvester wissen.

»Er wurde leider nicht fertig damit.«

»Werden Sie die Arbeit beenden?«

»Nun, ich werde es auf jeden Fall versuchen.«

»Ich hoffe, Sie erlauben mir, Ihnen dabei behilflich zu sein.«

Pandia war drauf und dran, zu antworten, sie könne sich nichts Schöneres vorstellen, als ihr einfiel, daß sie Lord Silvester nach diesem Tag nie mehr wiedersehen würde.

Ohne etwas zu erwidern, wandte sie den Kopf ab und blickte zum Wagenfenster hinaus.

»Das Schneetreiben wird immer dichter«, sagte sie nach einer Pause.

»Ja, sehr viel dichter«, stimmte Lord Silvester ihr zu.

»Sind Sie von London gekommen?«

»Ja, und ich muß wieder dorthin zurück.«

»Das könnte schwierig werden.«

»Ich denke, es wird schon gehen«, entgegnete Pandia. »Allerdings sollte ich mich nicht mehr allzu lange hier aufhalten, sondern sobald wie möglich aufbrechen.«

Er widersprach ihr nicht, sondern sagte nur:

»Erzählen Sie mir mehr von der Arbeit Ihres Vaters! Ich habe mir oft gewünscht, ihn kennenzulernen, doch in den letzten Jahren bin ich immer nur für sehr kurze Zeit in England gewesen.«

»Waren Sie im Ausland?«

In Pandias Stimme klangen Eifer und Neugierde.

Doch als er damit begann, von seinen Reisen zu erzählen, mußte sie enttäuscht feststellen, daß sie bereits das Schloß erreicht hatten.

Es war allerdings kaum noch etwas davon zu erkennen, denn die immer dichter fallenden Flocken ließen nur noch einen schemenhaften Eindruck des gewaltigen Bauwerks zu.

Innen jedoch sah es genauso aus, wie Pandia sich den Wohnsitz eines Duke vorgestellt hatte.

In der gewaltigen Halle befand sich eine riesige Feuerstelle, in der wuchtige Holzscheite brannten.

An den getäfelten Wänden hingen alte Brustpanzer, Teile von Rüstungen, Schwerter und zerfetzte Kriegsfahnen.

Der Butler schlug Pandia vor, nach oben zu gehen, um sich ein wenig frisch zu machen. Ein Diener führte sie in einen großen, beeindruckenden Schlafraum, wo zwei Zimmermädchen ihr beim Ablegen des Umhangs halfen und ihr eine silberne Waschschüssel mit warmem Wasser zum Waschen der Hände zeigten.

Das Bett war ein mittelalterliches Himmelbett aus kunstvoll geschnitzter Eiche, und die Fenster hatten bleiverglaste Butzenscheiben, durch die Pandia den

Schnee sah, wie er Garten und Park unter einer immer dicker werdenden weißen Decke begrub.

»Ein häßliches Wetter, nicht wahr, Mylady?« sagte eins der Mädchen. »Die meisten Trauergäste werden heute wohl kaum noch nach Hause kommen.«

»Das wäre ja schrecklich«, erwiderte Pandia. »Ich muß unbedingt heute noch nach London zurück.«

Die ältere Dienerin, die mit ihr gesprochen hatte, preßte die Lippen zusammen.

»Ich bezweifle, ob Ihre Ladyschaft das noch schaffen werden. Bei einem solchen Schneetreiben werden die Pferde den Weg kaum mehr sehen können.«

»Ich bin sicher, Sie sind da etwas zu pessimistisch.«

Pandia dachte, daß das Mädchen die Situation dramatisierte, wie Dienstboten das gerne taten.

Rasch eilte sie nach unten, und sie war nicht erstaunt, Lord Silvester zu sehen, der in der Halle bereits auf sie wartete.

4

Etwa fünfunddreißig Menschen waren in dem feudalen Speisesaal versammelt; die meisten von ihnen mußten, wie Pandia mit einem Blick erkannte, schon sehr alt sein.

Nachdem sie sich am Buffet einige Speisen ausgewählt hatte, stellte sie dankbar fest, daß niemand den Wunsch zu haben schien, sich mit ihr zu unterhalten.

»Schlage vor, wir suchen uns einen Platz«, meinte Lord Silvester neben ihr. »Ich werde einem Diener Bescheid sagen, daß er uns die Teller an den Tisch bringt.«

»Danke«, erwiderte Pandia.

Sie war überwältigt von dem Angebot an Speisen und dachte verwundert, daß sie die meisten davon noch nie gegessen hatte. Sie kannte sie höchstens aus Büchern oder aus den Erzählungen der Mutter.

Als Pandia sich im Raum umschaute, sah sie, daß an allen Tischen noch Plätze frei waren, und Lord Silvester, der offensichtlich imstande war, ihre Gedanken zu lesen, sagte:

»Jeder, der auch nur ein wenig Verstand im Kopf hat, ist von der Beerdigung schnurstracks nach Hause gegangen. Der Schnee fällt immer dichter, und wenn Sie über kein Himmelsgefährt verfügen, werden Sie die Nacht klugerweise im Schloß verbringen.«

Pandia starrte ihn entsetzt an und sagte:

»Das ist unmöglich. Ich muß unter allen Umständen wieder zurück!«

»Warum?«

Bevor sie noch zu antworten vermochte, fügte er mit Zynismus in der Stimme hinzu:

»Da Ihr Ehemann in Paris weilt, nehme ich an, daß irgendein glühender Verehrer auf Sie wartet und Ihnen eine fürchterliche Szene machen wird, wenn Sie ihn sitzenlassen.«

»Es gibt niemanden dieser Art.«

Pandia sprach mit Bestimmtheit, und er sah sie zweifelnd an.

»Sie können wohl kaum erwarten, daß ich Ihnen das abnehme. Sicher gibt es Dutzende, wenn nicht sogar Hunderte von Gentlemen, die Ihnen zu Füßen liegen und hingerissen sind von Ihrer Schönheit!«

»Alles, was Sie sagen, stimmt nicht!«

Pandias Stimme verriet eine ihr selbst fremde Entschiedenheit. Dann fiel ihr ein, daß Lord Silvester in Wirklichkeit Selene meinte, und sie sagte sich, daß die Schwester außer Prinz Ivor sicher noch eine Reihe anderer Verehrer besaß, die sich genauso verhielten, wie der Mann an ihrer Seite es beschrieben hatte.

Da sie nicht über sich sprechen wollte, bat sie:

»Bitte, sagen Sie mir, wer die einzelnen Leute hier im Saal sind. Ich habe das Gefühl, mich der Unhöflichkeit schuldig zu machen, weil ich, außer Ihnen, noch mit keinem der Anwesenden ein Wort gewechselt habe.«

»Außer mit mir sollen Sie auch mit niemandem sprechen«, sagte er. »Und da Lady Anne klugerweise nach oben gegangen ist, braucht sie der Rest nicht zu kümmern. Soweit ich das sehe, ist niemand von Bedeutung dabei.«

Er wirkte abwesend, während er sprach.

»Fast habe ich den Eindruck, Sie kennen die Leute selbst nicht so genau«, sagte Pandia vorwurfsvoll. »Kein Wunder, wenn Sie sich so oft im Ausland aufhalten.«

Er lächelte.

»Ich gestehe, ein wenig den Kontakt zu meinen Verwandten verloren zu haben, und obwohl der verstorbene Duke nicht nur der Vetter meines Vaters, sondern auch mein Pate war, rechne ich nicht damit, daß er mich in seinem Testament bedacht hat.«

»Aber warum denn nicht? Es ist doch üblich, daß Pate und Patin ihren Patenkindern etwas hinterlassen.«

»Seine Gnaden mißbilligte meinen Lebensstil«, antwortete Lord Silvester.

»Und dieser Lebensstil ist es, worüber ich gern etwas mehr hören würde.«

»Viel lieber würde ich mich mit Ihnen über Sie unterhalten.«

»Alles, was über mich zu sagen wäre, würde sich sehr fade ausnehmen gegenüber dem, was Sie erlebt und geleistet haben. Wann wird Ihr nächstes Buch erscheinen?«

»In zwei Tagen.«

»O nein, wie aufregend! Wie wird es heißen?«

»Das werde ich Ihnen nicht verraten, bis ich die ersten Belegexemplare in Händen habe und Ihnen eins davon zum Zeichen meiner Verehrung zu Füßen legen darf.«

»Nein, bitte, sagen Sie es mir jetzt!«

Bei diesen Worten wurde ihr bewußt, daß sie sich auf sehr dünnem Eis bewegte, was Selene betraf.

Wenn er der Schwester nämlich tatsächlich sein neues Buch überbrachte, weil er im Glauben war, sie, Pandia wäre die Empfängerin, dann mußte er sehr bald feststellen, daß Selene nicht nur keine Ahnung von der griechischen Antike hatte, sondern ihr sogar mit der größten Abneigung und äußerstem Überdruß gegenüberstand.

Das Ganze ist eine verhängnisvolle Fügung, dachte Pandia. Gütiger Himmel, wie hätte ich auch nur ahnen können, daß ausgerechnet S. Stone von allen Menschen auf der Erde bei dieser Beerdigung neben mir sitzen würde!

»Was beunruhigt Sie so sehr?« fragte Lord Silvester.

»Woher wollen Sie wissen, daß ich – beunruhigt bin?«

»Ihre Augen sagen es mir. Sie sind sogar außerordentlich beunruhigt, und es muß etwas geben, das Ihnen große Sorgen macht. Ich möchte, daß Sie mit mir darüber sprechen!«

»Sie irren sich«, stieß Pandia hastig hervor. »Das einzige, was mich beunruhigt, ist das Wetter und die Frage, wie ich heute noch nach London zurückkomme. Darüber hinaus, das versichere ich Ihnen, bin ich entzückt, Ihre Bekanntschaft gemacht zu haben.«

Sie bemühte sich, ihren Worten einen unbekümmerten Klang zu geben – so wie es Selene an ihrer Stelle gemacht hätte.

Doch sie sah, daß er den Kopf schüttelte.

»Etwas stimmt da nicht!« sagte er. »Sie ziehen sich ganz plötzlich von mir zurück und versuchen, eine Schranke zwischen uns aufzurichten. Etwas, wozu Sie gar nicht imstande sind, wie Sie zugeben müssen!«

»Ich ... ich weiß nicht, was Sie damit – sagen wollen!«

»Schauen Sie mich an!«

Der Ton seiner Stimme duldete keinen Widerspruch, und Pandia hob unwillkürlich den Blick. Ihre Augen begegneten einander, und aus einem Grund, für den sie keine Erklärung fand, gelang es ihr nicht, wieder wegzusehen.

»Sie sind auf irgendeine Weise nicht real«, sagte er ruhig. »Sie sind genau das, was ich die ganze Zeit über gesucht habe, die ich in Griechenland verbrachte.«

Pandia spürte ein eigenartiges Gefühl in ihrer Brust, dessen Fremdheit und Neuartigkeit sie zugleich erschreckte und beglückte.

Eine seltsame Verzauberung griff nach ihr, der sie nicht zu entrinnen vermochte.

Dann trat einer der Diener zu ihr und sagte: »Champagner, Madam?« und der Zauber war gebrochen.

Pandia lehnte ab, doch Lord Silvester sagte bittend:

»Trinken Sie einen Schluck! Es wird Ihnen guttun nach der Kälte auf dem Friedhof.«

»Ich glaube, Sie sind es, dem es kalt ist«, erwiderte Pandia. »Wann sind Sie nach England zurückgekommen?«

»Vor einer Woche. Ich kam aus Indien.«

»Kein Wunder, daß Sie frieren. Sie sollten wirklich darauf achten, daß Sie sich bei der hiesigen Kälte nicht zu leicht anziehen!«

»Haben Sie etwa vor, mich unter Ihre Fittiche zu nehmen?« fragte Lord Silvester.

Der Gedanke durchzuckte Pandias Hirn, daß sie das sehr gerne tun würde. Doch die Antwort, die sie ihm gab, war so, wie ihrer Meinung nach Selene geantwortet hätte.

»Da würde ich wohl zu spät kommen«, meinte sie lächelnd. »Sicher gibt es eine große Anzahl schöner Ladys, die nur zu bereit sind, diese Aufgabe zu übernehmen.«

»Ich kann Ihnen schwören, daß keine von ihnen so schön ist wie Sie!«

»Sie sind ein Schmeichler, und obwohl ich nach einer Göttin benannt wurde, bin ich ein Mensch wie jeder andere. Ich fürchte, Sie würden entsetzt sein über die vielen Fehler und Schwächen, die ich besitze.»

»Ich freue mich darauf, sie alle zu entdecken.«

In seiner Stimme war ein ernster, eindringlicher Unterton, und Pandia spürte erneut dieses eigenartige Ziehen in der Brust.

»Ich glaube, ich sollte jetzt aufbrechen«, sagte sie rasch. »Doch bevor ich das Haus verlasse, sollte ich Lady Anne, der Dame des Hauses, meine Aufwartung machen.«

Lord Silvester erhob sich.

»Ich werde mich erkundigen, ob es möglich ist, sie zu sprechen«, sagte er.

Er schritt davon, und augenblicklich erhob sich von einem der benachbarten Tische eine ältere Lady und setzte sich auf seinen Platz.

»Ich weiß, Sie sind die Komteß von Linbourne«, sagte sie. »Ich bin eine Cousine zweiten Grades des guten armen Rudolph und deshalb auch eine entfernte Verwandte Ihres Mannes.«

»Er bedauert es so sehr, heute nicht hier sein zu können«, erwiderte Pandia höflich.

»Es ist sehr liebenswürdig von Ihnen, ihn bei der Beerdigung zu vertreten«, sagte die Lady. »Ich hoffe, die Rückfahrt nach London wird nicht zu beschwerlich für

Sie sein. Wir anderen wohnen zum Glück fast alle hier auf dem Gut.«

Sie blickte sich im Saal um und fügte hinzu:

»Lord Granville, der Abgesandte der Königin, bestand darauf, unmittelbar nach der Beisetzung nach Windsor zurückzukehren. Und, soviel ich feststellen konnte, ist auch der Lord Lieutenant, der in der Kirche neben Ihnen saß, gleich wieder abgefahren. Der Ärmste hat ja auch einen ganz schönen Weg vor sich – sozusagen bis zum anderen Ende der Grafschaft!«

Pandia begann nervös zu werden.

»Wenn das Wetter sich so verschlechtert hat, sollte ich wirklich umgehend aufbrechen!«

»Ich glaube, das wäre das Klügste, was Sie tun können.«

Pandia erhob sich, um den Saal zu verlassen. Doch die Cousine des Duke ließ sie nicht fort. Anscheinend hatte sie die Absicht, sich mit dem schönen Gast vor den anderen hervorzutun und begann, Pandia den verschiedensten Leuten vorzustellen.

Alle schüttelten ihr die Hand, äußerten sich besorgt über das Wetter und erzählten ihr, daß sie auf dem Gut oder zumindest nicht weit davon wohnten.

Pandia wurde immer unruhiger, und das änderte sich auch nicht, als Lord Silvester in den Speisesaal zurückkam.

»Lady Anne wäre erfreut, Sie zu sehen«, sagte er. »Sie ist oben in ihrem Boudoir, fühlt sich allerdings nicht kräftig genug, um viele Besucher zu empfangen. Der Tod des Bruders hat sie wohl sehr mitgenommen.«

»Das kann ich verstehen«, sagte Pandia.

Nebeneinander schritten sie durch die Halle, doch bevor Pandia die Treppe hinaufstieg, wies sie den Butler an:

»Würden Sie bitte meine Kutsche vorfahren lassen. Sobald ich Ihre Ladyschaft gesehen habe, möchte ich aufbrechen.«

Dann ging sie die breite Treppe hinauf, und obwohl es das erste Mal in ihrem Leben war, daß sie die Gelegenheit hatte, ein Schloß von innen zu sehen, war sie sich der Gegenwart des Mannes an ihrer Seite auf ungewöhnlich intensive Weise bewußt.

»Sagen Sie mir bitte etwas über die Bilder«, bat sie, als sie die Empore im ersten Stock erreichten.

»Sie bedürfen dringend der Reinigung«, erwiderte Lord Silvester.

Pandia lachte und sagte:

»Das wollte ich nicht wissen, ich bin nämlich wirklich neugierig.«

»Ich würde Ihnen gerne die Rajput-Miniaturen in Udaipur zeigen«, sagte Lord Silvester. »Ich habe sie selbst erst auf meiner letzten Reise gesehen und war sehr beeindruckt davon.«

»Papa sprach oft von diesen Miniaturen«, erwiderte Pandia. »Er erzählte mir auch von den Ruinen von Karnak, Pompeji und natürlich Delphi. Aber das sind Orte, von denen ich nur träumen kann und die ich niemals sehen werde.«

Als sie ihn ansah, bemerkte sie die Überraschung in seinen Zügen und wußte, daß sie schon wieder einen Fehler begangen hatte.

»Aber warum nicht?« fragte er. »Ihr Gatte würde doch sicherlich jederzeit bereit sein, mit Ihnen ins Ausland zu reisen. All diese Orte sind heutzutage viel einfacher zu erreichen, als dies früher einmal der Fall war.«

Da sie entsetzt darüber war, etwas so Dummes gesagt zu haben, gab Pandia ihm keine Antwort. Aber zu ihrer Erleichterung hielt Lord Silvester bereits vor einer der Türen im Gang an und deutete mit der Hand darauf.

»Ich darf mich nicht zu lange bei Ihrer Ladyschaft aufhalten«, sagte Pandia, »sonst werde ich wohl nie mehr nach London kommen.«

Er öffnete ihr die Tür, und Pandia fand sich in einem Boudoir wieder, das sich von dem Selenes deutlich unterschied.

Auf einer Couch neben einem hoch lodernden Feuer saß, durch mehrere verblichene Satinkissen im Rücken gestützt und mit einer abgenutzten Wolldecke auf den Knien, Lady Anne.

Den schäbigen schwarzen Hut mit dem Crêpeschleier, den sie in der Kirche getragen hatte, hatte sie abgelegt, und das weiße, schüttere Haar war noch ein wenig in Unordnung.

Um ihre Schultern lag ein dicker Wollschal in einem unvorteilhaften, verblaßten Grau, und Pandia dachte, daß sie aussah, wie eine der alten Frauen im Dorf, die sie regelmäßig zu besuchen pflegte.

Pandia streckte die Rechte aus, und als sie Lady Annes blaugeäderte, zerbrechliche Hand in der ihren hielt, spürte sie, wie kalt diese war.

»Es war sehr lieb von Ihnen, daß Sie gekommen sind«, sagte Lady Anne. »Es ist ein so weiter Weg von London bei diesem schrecklichen Wetter.«

»Mein Mann bedauert es sehr, daß er ausgerechnet heute in Paris sein mußte«, sagte Pandia sanft.

»Es tut mir leid, George nicht wiedergesehen zu haben«, antwortete Lady Anne. »Aber ich weiß ja, wie beschäftigt er ist, und er wird natürlich auch nicht jünger. Sie müssen gut für ihn sorgen!«

»Das versuche ich.«

»Silvester sagte mir, daß Sie noch heute nach London zurückwollen. Ich kann nur hoffen, daß die Straßen nicht unpassierbar werden. Vielleicht wäre es doch besser, wenn Sie die Nacht im Schloß bleiben würden.«

»O nein«, sagte Pandia rasch. »Es ist sehr freundlich von Ihnen, mir Ihre Gastfreundschaft anzubieten, aber leider kann ich sie nicht annehmen.«

»Wenn die Straßen nicht mehr befahrbar sind, wenden Sie und kommen zurück. Platz genug haben wir.«

»Sie sind sehr freundlich«, sagte Pandia, »aber ich bin sicher, so schlimm wird es wohl nicht werden. Auf Wiedersehen dann, und besten Dank für das köstliche Luncheon.«

»Ich bin froh, daß Sie es genossen haben«, sagte Lady Anne. »Der Koch hat sich sehr viel Mühe gemacht, denn die meisten brauchen nach einer Beerdigung etwas, das sie wieder ein wenig aufmuntert.«

»Das ist wahr, Base Anne«, sagte Lord Silvester, der sich zum ersten Mal in das Gespräch einmischte. »Ich werde gleich in der Küche Bescheid sagen, wie sehr alles, was sie uns aufgetischt haben, geschmeckt hat.«

»Ja, tu das, mein lieber Junge«, sagte Lady Anne. »Ich weiß, sie werden sich darüber freuen. Es war schwer in diesen Tagen, ihr Interesse an der Arbeit lebendig zu halten. Die lange Krankheit des armen Rudolph hat uns leider nicht mehr erlaubt, große Gesellschaften zu geben.«

Pandia war gerührt von den Worten der alten Frau.

Während des Gesprächs hatte sie festgestellt, daß es in dem Zimmer, in dem noch keine Lichter brannten, immer dunkler geworden war und daß das Schneetreiben draußen an Heftigkeit noch zugenommen hatte.

»Jetzt muß ich aber wirklich gehen«, sagte sie beunruhigt. »Auf Wiedersehen, Lady Anne, und nochmals vielen Dank.«

»Auf Wiedersehen, meine Liebe, und grüßen Sie George. Aber seien Sie vorsichtig, und zögern Sie nicht, wieder umzukehren, wenn es zu schlimm mit dem Schnee wird!«

»Es ist sehr lieb von Ihnen, sich so um mich zu sorgen«, sagte Pandia gerührt.

Sie wandte sich um und ging zur Tür. Hinter sich hörte sie Lord Silvester sagen:

»Ich werde die Komteß zur Kutsche bringen, Base Anne. Aber ich besuche dich später noch einmal, um mich ein wenig mit dir zu unterhalten.«

Draußen im Korridor fragte Pandia ihn:

»Werden Sie hier übernachten?«

»Ja, das hatte ich vor«, antwortete er. »Morgen werde ich allerdings nach London fahren, so Gott will und das Wetter mir keinen Strich durch die Rechnung macht.«

»Dann werden Sie Ihr neues Buch bereits einen Tag vor seinem Erscheinen sehen?«

»Ja, ich habe eine Anzahl Exemplare zu signieren«, erwiderte Lord Silvester, »und Sie werden das erste davon bekommen.«

Eine Idee durchzuckte Pandia, und ein wenig zögernd sagte sie:

»Wäre es Ihnen möglich – es mir gleich ... gleich morgen zu bringen?«

»Morgen?«

»Ja, denn übermorgen werde ich wahrscheinlich verreisen, und ich würde das Buch schrecklich gerne mitnehmen.«

»Werden Sie lange fortbleiben?«

»Ich weiß es nicht.«

»Dann werde ich es Ihnen ganz bestimmt morgen bringen.«

Pandia wußte, daß es nicht richtig war, was sie da so eigenmächtig in die Wege geleitet hatte, aber das Herz schlug ihr vor Freude bis in den Hals, und sie wußte, daß sie den nächsten Tag kaum noch erwarten konnte.

Was wird Selene sagen, dachte sie, wenn sie erfährt, daß ihre Schwester während ihrer Abwesenheit einen Besucher in ihrem Haus am Grosvenor Square empfing?

Doch dann beruhigte sie sich mit dem Gedanken, wieviel komplizierter und verwickelter es sein würde, wenn Lord Silvester sein Buch Selene überbrachte und feststellen mußte, daß diese nicht die leiseste Ahnung davon zu haben schien.

»Vielleicht«, schlug sie vor, »ist es Ihnen möglich, zum Tee zu kommen?«

»Das ist eine Einladung, die ich nicht abschlagen kann«, erklärte Lord Silvester und lächelte. »Sie wissen, wie sehr ich mich darauf freuen werde.«

Er sprach zu ihr in einer Weise, die sie nicht nur verlegen machte, sondern ihr auch den Mut nahm, ihn anzuschauen, während sie langsam die Treppe hinunterstiegen.

In der Halle angekommen, stellte Pandia fest, daß noch kein Diener mit Umhang und Muff auf sie wartete.

Statt dessen eilte der Butler auf sie zu und sagte:

»Ich habe jemanden zu den Ställen geschickt, M'lady. Doch Ihr Kutscher ließ mir mitteilen, daß es leider unmöglich sei, heute abend nach London zurückzukehren. Er meinte, der Schnee sei mittlerweile so dicht geworden, daß man die Hand nicht mehr vor den Augen erkennen würde.«

Pandia wandte sich zu Lord Silvester um.

»Glauben Sie, daß es so ist?« fragte sie ihn.

»Ich habe Sie ja bereits gewarnt«, sagte er. »Und ich halte es nach wie vor für ganz unverantwortlich, das Schicksal so herauszufordern. Was Sie unternehmen wollen, käme einer Blindfahrt gleich, und das Risiko eines Unfalles ist meiner Meinung nach zu groß.«

»Ich bin sicher, M'lady«, sagte der Butler, »daß Sie unter diesen Umständen im Schloß besser aufgehoben sind. Und morgen früh kann sich das Wetter schon völlig geändert haben.«

Pandia machte einen hilflosen Eindruck, und Lord Silvester sagte:

»Ihre Ladyschaft hat der Komteß schon den Vorschlag gemacht, die Nacht hier im Haus zu verbringen, falls das Wetter zu schlimm werden sollte. Würden Sie Mrs. Whiteley bitten, schon einmal für alle Fälle ein Zimmer herzurichten! Ich bin sicher, sie wird alles für Ihre Ladyschaft Nötige bereitstellen.«

»Das wird sie gewiß tun, M'lord«, erwiderte der Butler.

»Sehr gut, Bates. Nun, ich glaube, wir werden uns in den Blauen Salon setzen, falls dort der Kamin brennt.«

»Ich habe mir gedacht, daß Eure Lordschaft heute abend gerne das Lesezimmer benutzen würden«, entgegnete der Butler. »Das Feuer brennt bereits den ganzen Tag, und es wird dort sicher recht behaglich für Ihre Ladyschaft sein.«

»Sehr gut, also auf ins Lesezimmer!« forderte Lord Silvester Pandia auf.

Er nahm ihren Arm und führte sie durch die Halle in einen Flur, dessen Wände voller Gemälde und alter Waffen hingen, und der genauso aussah, wie nach ihrer Meinung der Korridor eines Schlosses auszusehen hatte.

Das sogenannte Lesezimmer kam Pandia sehr groß vor, und als sie den Raum betraten, sagte Lord Silvester:

»Beim nächstenmal werde ich Ihnen die Bibliothek zeigen, die an die zwanzigtausend Bände enthält. Heute ist es dafür zu kalt, und ich glaube, daß wir uns hier wesentlich wohler fühlen.«

Ein Ledersofa stand vor einem riesigen Kamin, in dem mächtige Buchenscheite brannten und eine angenehme Wärme verbreiteten. Und über dem Kaminsims hing ein Ölgemälde, auf dem das »Urteil des Paris« dargestellt war. Ein beliebtes Thema in der bildenden Kunst, an dem sich schon viele Maler versucht hatten.

Diese Darstellung jedoch schien Pandia hervorragend gelungen zu sein, besser, als alle, die sie bisher gesehen hatte. Die Göttinnen waren ausgesprochen schön, und Paris wirkte kraftvoll und männlich.

Lord Silvester folgte der Richtung ihrer Augen und sagte: »Ich möchte betonen, keine von ihnen ist so schön wie Sie – auch Aphrodite nicht.«

»Sie schmeicheln meiner Eitelkeit«, antwortete Pandia. »Aber im Augenblick bin ich noch ganz verstört darüber, daß es mir nicht möglich ist, noch heute abend, wie beabsichtigt, nach London zurückzukehren.«

»Wer wartet denn dort auf Sie?«

»Nur die Dienerschaft, die befürchten wird, mir wäre etwas zugestoßen.«

»Und Sie glauben, das nehme ich Ihnen ab?«

»Ich wüßte nicht, warum Sie das überhaupt interessieren sollte», erwiderte Pandia kühl.

Sie hatte auf dem Sofa Platz genommen, und er setzte sich neben sie.

»Sie wissen, das ist eine lächerliche Antwort«, sagte er. »Alles interessiert mich, soweit es Sie betrifft. Nun tun Sie nicht so, als wären Sie sich dessen nicht bewußt.«

Weil er so dicht bei ihr saß und sie seine Nähe deutlich spürte, fiel es ihr schwer, auf seine Bemerkung zu antworten. Also schwieg sie und starrte unbeweglich ins Feuer.

»Es gibt unendlich viele Dinge, die ich Ihnen sagen möchte«, sagte Lord Silvester in das Schweigen hinein. »Und doch erscheinen sie in diesem Moment völlig unwichtig. Nur eins ist von Bedeutung für mich: daß Sie da sind, daß ich Sie anschauen kann, daß Sie nicht mehr länger nur ein Teil meiner Träume sind.«

Sie sah zu ihm auf, senkte jedoch rasch wieder den Blick und wandte den Kopf zur Seite.

»Als wir vorhin – das Schloß erreichten«, begann sie mit leiser, stockender Stimme, »wollten Sie mir eben von Ihren Reisen erzählen. Ich würde schrecklich gern etwas darüber hören!«

»Dazu ist später noch Zeit«, antwortete er. »Im Augenblick kann ich an nichts anderes denken, als daran, wie schön Sie sind. Viel schöner, als ich es jemals für möglich gehalten hätte. Und als ich vorhin in der Kirche neben Ihnen saß, hatte ich das Gefühl, den Gipfel des Himalaya erklommen zu haben, wo Sie standen und mich erwarteten.«

Seine Worte übten eine sonderbare, niegekannte Wirkung auf sie aus, und Pandia sagte hastig:

»Bitte, Sie ... Sie sollten nicht so zu mir reden! Sie müssen vernünftig sein!«

Lord Silvester lachte.

»Was nennen Sie vernünftig? Meinen Sie, wir sollten besser über das Wetter und die Ernte reden anstatt über uns? Sie wissen sehr gut, daß es uns beide drängt, über uns zu reden. Alles andere wäre verlogen und nichts als bloßes Theater!«

»Aber ... aber wir dürfen nicht ... Sie sollten nicht ...« Pandia brach ab.

Wieder lachte er, und es klang weich und sehr zärtlich.

»O mein Liebes«, sagte er. »Sie sind so süß, so ganz anders, als ich Sie mir vorgestellt habe. Jedesmal, wenn ich Sie anschaue, bin ich aufs neue überrascht von Ihrer Schönheit. Und wenn ich mit Ihnen rede, kommen Sie mir vor, wie ein kleines Mädchen an der Schwelle des Lebens. Ein Mädchen, das die Welt noch nicht kennt und mit unschuldigen, verwirrten Augen um sich blickt. Dabei weiß ich, wer Sie sind ...«

Pandia atmete tief.

Lord Silvester jedoch fuhr nachdenklich fort:

»Ich glaube, es sind zwei Welten, in denen Sie leben. Die eine ist die elegante, raffinierte Welt der Gesellschaft, in der Sie, wie ich hörte, ein großer Star sind. Die andere ist die Welt, in der ich lebe und die Ihrem Vater alles bedeutet haben muß.«

»Ja, und das ist die Welt, die mich interessiert«, sagte Pandia. »Bitte, ich habe so viele Fragen, die Sie mir beantworten müssen für den Fall, daß ich keine Gelegenheit mehr haben sollte, Ihnen noch einmal zu begegnen.«

Während sie sprach, dachte sie, daß sie alles, was er sagte, wie einen Schatz in sich bewahren würde, damit sie etwas besaß, an das sie denken konnte, wenn sie wieder in Little Barford war und – was die große Gesellschaft betraf – aufgehört hatte zu existieren.

Als wüßte er, was sie dachte, erklärte er:

»Ich werde über alles reden, was Sie hören wollen. Aber vergessen Sie nicht, dies ist das erste Gespräch von vielen. Es gibt ja so vieles, was uns gemeinsam interessiert, so vieles, das, wie ich fühle, nur Sie verstehen können.«

»Woher wollen Sie das ... wissen?« fragte sie.

»Weil ich bis heute sehr einsam und allein gewesen bin«, gestand er. »Ich habe das Leben genossen, es war ein großes Abenteuer für mich. Aber es hat nie einen Menschen gegeben, der sich wirklich für das interessierte, was mir wichtig war. Niemanden, mit dem ich meine Gedanken austauschen und die Freude über meine Entdeckungen teilen konnte, wenn ich etwas gefunden hatte, das Tausende von Jahren vergessen und verschollen gewesen war.«

»Und woher wissen Sie, daß ich Sie verstehe?«

Anstelle einer Antwort ergriff er Pandias Rechte, die in ihrem Schoß gelegen hatte. Das Mädchen spürte die Kraft und Wärme, die von seinen Händen ausging, als sie sich um ihre Finger schlossen.

Wie ein Blitz durchzuckte diese Bewegung ihren Körper.

Er mußte bemerkt haben, was mit ihr vorging, denn er sagte:

»Haben Sie das jemals bei einem anderen Mann empfunden?«

Und ohne eine Antwort abzuwarten, fügte er mit zärtlicher Stimme hinzu:

»Glauben Sie mir, mich bestürmen die gleichen Empfindungen. Noch nie zuvor ist etwas Ähnliches mit mir geschehen, und ich bin ganz sicher, daß es nie wieder so sein wird – bei keinem anderen Menschen.«

Weil eine tiefe Furcht sie beschlich, entzog Pandia ihm ihre Hand.

»Ich warte ...«, sagte sie mit einer Stimme, die ihr selbst fremd erschien, »ich ... Sie wollten mir doch von Indien erzählen. Ist es das letzte Land, das Sie besucht haben?«

Er nickte lächelnd. Dann begann er von den Rajput-Malereien zu erzählen, die er in Udaipur gesehen hatte, und von einigen alten Schriften, die er dort entdeckte und die sich nach der Übersetzung als Gedichte von solcher Schönheit herausstellten, daß jeder, der sie las oder hörte, hingerissen davon war.

»Und diese Gedichte stehen in Ihrem neuen Buch?« fragte Pandia.

»Nein, nicht in demjenigen, das morgen erscheint«, erwiderte er. »Sie stehen in meinem nächsten Buch, in dem, bei dem Sie mir helfen müssen.«

»Wie sollte ich dazu imstande sein, wo ich Indien nie gesehen habe?«

»Es wird zum großen Teil der griechischen Antike gewidmet sein, und ich besitze einige alte Pergamente, die erst kürzlich bei den Ausgrabungen eines lange verschollenen Tempels gefunden wurden und die ich noch nicht übersetzt habe.«

Entzückt schlug Pandia die Hände zusammen.

Dann sagte sie mit Trauer und Wehmut in der Stimme:

»Wenn doch nur Papa noch lebte!«

»Ja, das wünschte ich auch. Ich würde ihn ganz bestimmt um seine Unterstützung gebeten haben.« Wieder lächelte er, als er fortfuhr: »Aber ich habe das Gefühl, daß Sie es ebensogut machen werden wie er.«

Pandia wollte erwidern, es könne für sie nichts Aufregenderes geben, als ihr einfiel, daß sie ihn nach dem gemeinsamen Tee am nächsten Tag in Selenes Haus am Grosvenor Square ja nie mehr wiedersehen würde.

In fast panischer Eile stellte sie ihm Frage auf Frage, und die Zeit schien für sie stillzustehen.

Erst als der Butler den Raum betrat, um die Vorhänge zuzuziehen, stellte sie fest, daß es Teezeit war und sie über zwei Stunden mit einem fremden Mann alleine gewesen war - eine Erfahrung, die sie bisher noch nicht gemacht hatte.

Der Butler und zwei Diener brachten den Tee, wozu eine stattliche Reihe von Silberkannen, -platten und -schalen gehörten. Außerdem gab es Sandwiches, heißen Toast, einen herrlichen Fruchtkuchen und allerlei süßes Gebäck.

»Alle Achtung«, sagte Lord Silvester. »Das reicht ja für ein ganzes Regiment Soldaten!«

»Ich ... ich bin wirklich nicht hungrig«, wehrte Pandia ab.

»Aber Sie müssen etwas essen!« drängte Lord Silvester. »Sie haben gehört, was Lady Anne sagte. Die Küche ist froh, daß sie endlich wieder zeigen darf, was sie kann. Und alle wären enttäuscht, wenn niemand den guten Sachen zuspricht.«

Weil er so sehr drängte, aß Pandia ein wenig von dem

Gebäck und fand es köstlich. Gleichzeitig jedoch stellte sie fest, daß Lord Silvester kaum etwas anrührte.

»Das ist unfair«, neckte sie ihn. »Mich fordern Sie auf, mich mit all den Herrlichkeiten vollzustopfen, während Sie fasten, weil Sie Angst um Ihre Linie haben.«

»Ich fand es immer lästig, mich an bestimmte Essenszeiten halten zu müssen und mitten in einer Arbeit aufzuhören, nur weil es gerade Mittag oder Abend war.«

»Mit Papa war es genauso. Mama sagte, daß er alles um sich herum vergaß, wenn er an einer Übersetzung arbeitete. Sie brauchen also eine Frau, die sich um Sie kümmert!«

»Dieser Gedanke ist mir auch schon gekommen«, erwiderte Lord Silvester.

Wieder schaute er sie auf eine Weise an, die sie verlegen machte.

Die Stunden flogen nur so vorüber, und als ihr Blick zufällig einmal auf die Kaminuhr fiel, durchzuckte sie die Erkenntnis, daß es höchste Zeit war, nach oben zu gehen und sich für das Dinner zurechtzumachen.

»Wenn Sie wieder nach unten kommen, hoffe ich sehr, daß Bates im Silbernen Salon für uns gedeckt hat«, sagte Lord Silvester. »Es ist ein Zimmer, das Ihnen gefallen wird und in dem ich Sie einmal besonders gerne sehen möchte.«

Sie fragte nicht nach dem Grund für seinen Wunsch. Irgendwie glaubte sie, ihn zu kennen, und tiefe Röte überzog ihr Gesicht.

Während sie die Treppe hinaufstieg, überlegte sie, daß es eigentlich gut wäre, zum Dinner ein Abendkleid zu tragen. Denn da Lord Silvester im Haus wohnte, war anzunehmen, daß er zu Tisch im Abendanzug erscheinen würde. Aber woher sollte sie ein Abendkleid nehmen?

Pandia wurde in ein anderes Zimmer geführt als das, in dem sie sich nach ihrer Ankunft am Morgen frisch gemacht hatte.

Mrs. Whiteley, die Wirtschafterin, wartete bereits auf sie.

Sie befanden sich nun in einem anderen Teil des Schlosses, der – wie Pandia vermutete – erst kürzlich einer gründlichen Renovierung unterzogen worden war. Alles wirkte hier sehr geschmackvoll, und der Raum strahlte eine warme Behaglichkeit aus.

Ein duftiges Gemälde schmückte die Decke, und statt eines wuchtigen Bettes mit dem schweren eichenen Baldachin gab es ein graziles Himmelbett, die Pfosten geschnitzt und vergoldet, die Vorhänge in blassem Boucherblau mit zierlichen Silberquasten versehen.

»Was für ein hübsches Zimmer!«, sagte Pandia bewundernd.

»Ich dachte mir, daß es Ihnen gefallen würde, Mylady«, sagte Mrs. Whiteley. »Ihre Ladyschaft, die ich eigentlich schon Ihre Gnaden nennen sollte, hat es vor zwei Jahren so herrichten lassen.«

»Ich nehme an, Sie meinen die Schwiegertochter des verstorbenen Duke«, sagte Pandia.

»Ganz richtig, Mylady. Der Marquis und Ihre Ladyschaft weilen augenblicklich in Australien. Deshalb konnten sie auch nicht an der Beerdigung teilnehmen. Wir freuen uns alle auf ihre Rückkehr, die im Schloß allerhand Veränderungen nach sich ziehen wird.«

Pandia ließ den Blick durch den Raum schweifen, und sie bemerkte deutlich den Unterschied zu Lady Annes Boudoir, in dem sie vorhin gewesen war. Ja, wahrhaftig, es würde viel im Schloß zu tun geben für den neuen Duke und seine Gemahlin.

Während sie zum Ankleidetisch ging, sagte sie:

»Ich fürchte, Sie werden mir für heute Nacht etwas zum Anziehen geben müssen. Ich konnte ja nicht ahnen, daß ich gezwungen sein würde, hier zu übernachten.«

»Daran habe ich schon gedacht, Mylady«, erwiderte Mrs. Whiteley lächelnd. »Ihre Ladyschaft hat die meisten ihrer Sachen hiergelassen, als sie nach Australien reiste, und da Sie ungefähr ihre Größe haben, höchstens etwas zierlicher sind, frage ich mich, ob Sie vielleicht gern eins ihrer Kleider beim Dinner tragen würden.«

Die Stimme der Wirtschafterin klang ein wenig nervös, als hätte sie die Befürchtung, Pandia könnte über den Vorschlag gekränkt sein. Doch diese erwiderte begeistert:

»Wenn das möglich ist? Ich dachte eben, wie langweilig es wäre, in meinem Tageskleid zu Tisch zu gehen. Die Küche wird sich bestimmt alle Mühe gegeben haben mit der Bereitung der Speisen.«

»Gut, dann werde ich Ihnen einige Kleider zur Auswahl bringen, Mylady«, erklärte Mrs. Whiteley. »Oh, ich freue mich. Es wird wieder eine Lady da sein, der ich wie in den alten Zeiten helfen darf, sich für das Dinner umzukleiden. Lady Anne speist nämlich am Abend stets in ihrem Boudoir.«

»Wie lange sind der neue Duke und die Ducheß fort gewesen?« erkundigte sich Pandia.

»Fast ein Jahr, Mylady. Aber nun befinden sie sich auf der Rückreise. In einem Monat erwarten wir sie hier.«

Pandia hatte eben damit begonnen, sich zu entkleiden, als das Bad ins Zimmer gebracht wurde. Zwei Mädchen setzten die Wanne vor dem Feuer ab, und es war alles so, wie Pandia es aus den Erzählungen ihrer Mutter kannte.

Es war ein Sitzbad, und als sie in das warme Wasser stieg, das in glänzenden Kupferkannen aufs Zimmer geschafft worden war, dachte sie, daß dieser Tag ein einziges Abenteuer war und sie fast jeden Moment davon genoß.

Die Beerdigung war reibungslos verlaufen, sie hatte einen Mann kennengelernt, den ihr Vater über die Maßen bewundert hatte und dessen Bücher für ihn zum Inbegriff des Wissens und der Weisheit geworden waren.

Nie würde sie diesen Tag vergessen. Er würde zu den schönsten Erinnerungen ihres Lebens gehören. Und das Herz dieser Erinnerung würde Lord Silvester sein.

»Ich werde ihn nie wiedersehen«, flüsterte sie vor sich hin. »Aber ich werde ihn auch nie mehr vergessen!«

Mit einem weichen, vorgewärmten türkischen Badetuch trocknete sie sich ab. Die züngelnden Flammen im Kamin warfen huschende Reflexe auf die helle samtene Haut ihres Körpers. Mrs. Whiteley trat ein und brachte ihr frische Unterwäsche.

Sie war genauso kostbar wie die von Selene, seiden und mit feinen Spitzen besetzt. Noch nie hatte Pandia etwas derartiges getragen oder auch nur gehofft, solche zauberhaften Gewebe einmal auf ihrer Haut zu spüren.

Sie hatte die Wahl zwischen einem weißen Crepekleid mit Rüschenbesatz aus Chiffon und einem schwarzen

Tüllkleid, das mit glänzenden schwarzen Pailletten übersät war.

Beide waren bezaubernd schön, und Pandia hatte so etwas nie zuvor gesehen, geschweige denn besessen. Während sie noch zögerte, sagte Mrs. Whiteley:

»Ich könnte mir denken, daß Sie heute nicht gern etwas Farbiges tragen möchten, Mylady. Andererseits tragen Sie den ganzen Tag über schon Schwarz. Ich muß gestehen, daß ich Sie gern einmal in einem weißen Kleid sehen würde.«

»Nun gut«, antwortete Pandia. »Sie sind beide wundervoll, aber da ich nicht beide gleichzeitig anziehen kann, würde ich mich am liebsten auch für das Weiße entscheiden, falls Sie ganz sicher sind, daß Ihre Gnaden auch wirklich nichts dagegen einzuwenden hätte.«

»Ihre Gnaden ist außerordentlich großzügig«, erwiderte Mrs. Whiteley. »Sie ist die zweite Frau des neuen Duke und noch keine dreißig. Ihre Kleider sind deshalb auch sehr jung und modisch, und wir alle hier im Schloß finden es herrlich, sie darin zu bewundern.«

Pandia mußte daran denken, wie alt ihr die meisten Trauergäste heute mittag vorgekommen waren, und sie konnte sich vorstellen, daß eine junge Ducheß für all diese Menschen so etwas wie ein Sonnenschein war.

Obwohl die Höflichkeit es ihr verbot, eine Bemerkung darüber zu machen, hatte sie sich schon gewundert, von welcher Eleganz die Kleider der Ducheß waren.

Sie hatte vermutet, daß der neue Duke kein junger Mann mehr sein konnte, wenn sein Vater über neunzig geworden war.

Während Mrs. Whiteley ihr das Haar aufsteckte, fragte sie sich, ob auch die junge Ducheß wie Selene ihren Ehemann langweilig fand und vielleicht ebenfalls nach einem hübschen jungen Prinzen Ausschau hielt, der sie glücklich machen sollte.

Pandia fand Selenes Verhalten immer noch unentschuldbar.

Gleichzeitig jedoch konnte sie die Schwester verstehen, falls der Prinz auf die gleiche Weise zu ihr sprach, wie Lord Silvester es vorhin im Lesezimmer ihr selbst gegenüber getan hatte. Bei so vielen schmeichelhaften und zärtlichen Worten konnte eine Frau schon vergessen, daß sie verheiratet war und man von ihr die Gesetztheit und Würde verlangte, wie ihr viel älterer Gatte sie besaß.

Mrs. Whiteley machte einen Schritt zurück.

»Was halten Sie davon, Mylady?« fragte sie.

Pandia war so in ihre Gedanken versunken gewesen, daß sie nicht bemerkt hatte, was die Wirtschafterin mit ihrem Haar gemacht hatte. Mrs. Whiteley hatte Pandias Frisur nicht nur sehr geschickt wieder in Ordnung gebracht, sondern ihr auch noch zwei frische weiße Rosen ins Haar gesteckt.

»Ihre Ladyschaft trägt manchmal Reiher- oder Fischadlerfedern im Haar«, sagte Mrs. Whiteley, »doch ich glaube, zu dem weißen Kleid passen Rosen am besten.«

»Wie ich sehe, sind Sie eine Künstlerin, Mrs. Whiteley«, sagte Pandia anerkennend, und die Wirtschafterin blickte ganz verlegen bei diesem Kompliment.

»Ich habe schon oft gedacht, daß ich gern derartige Dinge machen würde, Mylady. Räume einrichten, Kleider oder Frisuren entwerfen. Aber es hat sich nie die Gelegenheit dazu ergeben.«

»Vielleicht gehen Ihre Träume eines Tages noch in Erfüllung«, sagte Pandia. »Wir wünschen uns das doch alle.«

»Das ist wahr, Mylady.« Mrs. Whiteley nickte heftig. »Aber nun lassen Sie mich sehen, wie Sie in dem weißen Kleid aussehen! Sollte es Ihnen nicht stehen, können wir immer noch ein anderes für Sie aussuchen. Doch ich kann Sie mir eigentlich in starken Farben nicht gut vorstellen.«

Während Pandia sich im Spiegel betrachtete, erkannte sie, daß Mrs. Whiteley recht hatte.

In dem weißen Kleid sah sie sehr jung aus, und es paßte ihr, als wäre es für sie gemacht.

Wenn Lord Silvester sie mit einem Mädchen verglich, das an der Schwelle in eine neue, unbekannte Zukunft stand, dann entsprach ihr Aussehen nun genau dieser Vorstellung.

In dem Gaslicht, das überall im Schloß brannte, erschienen die Reflexe auf ihrem rötlich schimmernden Haar wie winzige Feuerzungen, und das Weiß ihrer Haut wurde von dem weichen Chiffonstoff, der ihre Schultern umrahmte, noch wirkungsvoller hervorgehoben.

»Eure Ladyschaft sehen hinreißend aus!« rief Mrs. Whiteley entzückt. »Wirklich hinreißend!«

Stolz klang in ihrer Stimme mit, als wäre sie überzeugt, ihr Meisterstück vollbracht zu haben, und Pandia sagte lächelnd:

»Oh, ich danke Ihnen sehr. Sie waren außerordentlich lieb zu mir, und ich bin Ihnen ja so dankbar.«

»Wenn Sie nachher nach oben kommen, Mylady, wird Emma dasein, um Ihnen beim Auskleiden zu helfen. Sie ist ein gutes Mädchen und wird sich alle Mühe geben.«

»Danke«, erwiderte Pandia, »es wird nicht zu spät werden.«

Langsam schritt sie den Korridor entlang und sagte sich glücklich, daß sie noch nie ein so bezauberndes Kleid getragen hatte.

Sie genoß das Rauschen der seidenen Petticoats und freute sich an dem raschelnden Ton, wenn der Saum des Kleides über den kostbaren Teppich strich.

Das Oberteil ihrer Robe ließ die Rundungen ihres Körpers voll zur Geltung kommen, und der Rock aus gefälteltem Chiffon fiel weich und glockenartig von den Hüften.

Um ihren Hals lag Selenes Perlenkette, und an den Ohren steckten die kleinen Perlenohrringe.

Der Schmuck verlieh Pandias Erscheinung nichts Aufdringliches, im Gegenteil, er wirkte dezent, geschmackvoll und sehr mädchenhaft, denn die durchscheinende Zartheit der Perlen betonte wirkungsvoll die jugendliche Zartheit und samtene Reinheit ihrer Haut.

Bates, der am Fuß der Treppe auf sie wartete, geleitete sie durch die Halle.

Zwei Diener öffneten eine hohe Doppeltür, dann stand Pandia auf der Schwelle zum Silbernen Salon.

Es genügte ein Blick auf die prächtigen Kristallleuchter mit den brennenden Kerzen, auf weiße, mit Blattsilber verzierte Säulen und funkelnde venezianische Wandspiegel, um zu wissen, warum Lord Silvester der Meinung war, dieser Raum wäre die passende Umgebung für sie.

Hier war alles hell und strahlend. Hell und strahlend wie das Licht, das er in Griechenland gefunden hatte. Das Licht der Götter. Und vielleicht auch das Licht, das sie beide umflutete.

Lord Silvester stand am anderen Ende des Salons vor einem kostbar geschnitzten und bemalten Kaminsims.

Er bewegte sich nicht, als Pandia sich anschickte, den Raum zu durchqueren. Seine Augen erfaßten jeden ihrer Schritte, jede ihrer Bewegungen.

Pandia fürchtete, vor seinem forschenden Blick nicht bestehen zu können. Sie kam sich plötzlich sehr jung vor, sehr unsicher und so verlegen, wie nie zuvor in ihrem Leben.

Vor ihm angelangt, blieb sie stehen.

Er ergriff ihre Hand und hielt sie in der seinen, dann sagte er mit sanfter, zärtlicher Stimme:

»O meine Liebe, Sie sind wie das Mondlicht. Ich habe es immer gewußt.«

Tief beugte er sich über ihre Hand, und Pandia spürte seine Lippen warm und fest auf ihrer Haut.

Sekundenlang war sie wie versteinert, dann lief ein Beben durch ihren Körper.

5

»Wohin reisen Sie als nächstes?« fragte Pandia.

Stundenlang hatten sie miteinander geredet, und die Zeit war vergangen wie im Flug. Dennoch hatte Pandia ihm nicht einmal die Hälfte der Fragen gestellt, auf die sie von ihm so gern eine Antwort gehabt hätte.

»In einer Woche oder spätestens in zehn Tagen werde ich nach Tafraout reisen«, erwiderte er.

Er bemerkte den fragenden Ausdruck in ihren Augen, und bevor sie noch etwas sagen konnte, fügte er hinzu:

»Es liegt im Ammein-Tal in Südmarokko und ist, wie ich glaube, einer der drei schönsten Plätze in Afrika, die noch nie von einem Engländer betreten wurden.«

»Wie aufregend für Sie!«, rief Pandia. »Wie gerne würde ich mit Ihnen reisen!«

Sie hatte gesprochen, ohne nachzudenken, und als sie das Befremden in seinen Augen bemerkte, errötete sie und fuhr hastig fort:

»Aber ich werde davon träumen, so wie ich von vielen anderen Orten träume, die ich niemals sehen werde.«

Und als ihr der Gedanke kam, jetzt könnte er wieder sagen, ihr Mann sei doch wohlhabend genug, um mit ihr überallhin zu reisen, fügte sie mit gehetzter Stimme hinzu:

»Welchen Titel wird Ihr Buch haben?«

»Über den Titel bin ich mir noch nicht ganz klar«, antwortete er. »Doch ich glaube, 'Verbotene Stätten' würde passen.«

»Verbotene Stätten?« fragte sie. »Welche Orte werden denn noch darin vorkommen?«

»Tibet zum Beispiel und natürlich Mekka.«

»Sie waren in Mekka? Sie waren tatsächlich dort?«

Pandia wußte, daß es jedem Nichtmoslem unter Todesstrafe verboten war, das Heiligtum der moslemischen Welt zu betreten. Wurde jemand bei dem Versuch ertappt, sich über dieses Verbot hinwegzusetzen, kannten die Moslems keine Gnade. Ein Gefühl der Angst überkam das Mädchen, als sie daran dachte, welchen Risiken und Gefahren sich Lord Silvester bei seinen Reisen aussetzte.

»Es war eine höchst interessante und aufschlußreiche Reise«, antwortete er.

Pandia wollte ihn schon bitten, ihr von dieser Reise zu berichten, als sie sah, wie spät es inzwischen geworden war.

Ohne zu überlegen, fast als sprudelten die Worte unfreiwillig über ihre Lippen, sagte sie:

»Ich schlage vor, wir gehen zu Bett!«

Sie erhob sich und war überrascht, als Lord Silvester antwortete:

»Ich glaube, das ist eine hervorragende Idee.«

Sie hatte mit seinem Widerspruch gerechnet, hatte geglaubt, er würde versuchen, sie zurückzuhalten und erkannte, daß sie irgend etwas falsch gemacht hatte.

Schließlich war er ja der Überzeugung, Selene vor

sich zu haben, und von daher gesehen, konnte man ihren unüberlegten Worten leicht eine andere Bedeutung geben.

Verlegen und mit Schamröte im Gesicht verließ sie den Raum, und er folgte ihr nach kurzem Zögern.

In der Halle befand sich nur der Nachtdiener. Bei ihrem Näherkommen erhob er sich von seinem Stuhl, und als Pandia die unterste Treppenstufe erreicht hatte, sagte sie über die Schulter hinweg zu ihm:

»Gute Nacht!«

»Gute Nacht, Mylady!«

Pandia bemerkte, daß Lord Silvester dicht hinter ihr war, und sie dachte, daß es dem Diener höchst seltsam erscheinen mußte, wenn sie gemeinsam nach oben gingen.

Also drehte sie sich zu Lord Silvester um, reichte ihm die Hand und sagte:

»Gute Nacht, Mylord. Danke für den interessantesten und anregendsten Abend, den ich je im Leben verbracht habe.«

Er ergriff ihre Hand, und Pandia spürte die Ströme, die von ihm ausgingen, so stark, daß ein Zittern ihren Körper durchlief.

Wieder schoß ihr das Blut in die Wangen. Verlegen wandte sie sich um und hastete, ohne noch einmal zurückzuschauen, die Treppe hinauf.

Als sie ihr Schlafzimmer erreicht hatte, brauchte sie nicht zu läuten, denn Emma wartete bereits auf sie.

Das Mädchen war noch sehr jung und ein wenig scheu und schweigsam. Jedenfalls konnte sie es mit der Gesprächigkeit und dem Redefluß von Mrs. Whiteley nicht aufnehmen.

Pandia begrüßte Emma freundlich, war aber dann

froh, daß die Kleine sie ihren Gedanken überließ. Vor allem machte sie sich Vorwürfe, Lord Sylvester nicht schon eine Stunde früher verlassen zu haben.

Dann jedoch sagte sie sich, daß es eigentlich ohne Bedeutung sei, was er von ihr dachte.

Wenn er ihr morgen nachmittag, wie versprochen, das Buch gebracht hatte, würden sich ihre Wege für immer trennen. Sie würde ihn nie mehr wiedersehen.

Er reiste ins Ausland und sie kehrte nach Little Barford zurück, um dort völlig in der Vergessenheit zu versinken.

Ein bedrückender Gedanke.

Doch im Augenblick war sie noch so voll von der Unterhaltung, die sie mit ihm geführt hatte, und von den niegekannten Empfindungen, die in ihr aufgebrochen waren, daß sie sich weder deprimiert noch verängstigt fühlte.

Dabei wußte sie nur zu gut, wie es sein würde, sobald sie wieder zu Hause war. Die Furcht vor der Zukunft würde immer größer werden. Die Jahre, die sie in dem leeren Elternhaus verbringen mußte, allein mit Nanny als dem einzigen Menschen, mit dem sie reden konnte, würden zu einem unerträglichen Alptraum werden. Nichts würde sich mehr ereignen, für sie würde es keine Abwechslung mehr in der Monotonie und Trostlosigkeit ihres Daseins geben. Nur noch den Wechsel der Jahreszeiten und das Aufeinander von Tag und Nacht, Nacht und Tag.

Sie würde älter werden, und zweifellos würde nicht nur ihre Schönheit dahinschwinden, sondern auch ihre Vitalität, ihre Intelligenz, ihre Schaffensfreude. Es gab ja nichts mehr, das sie anregte und anspornte, jetzt, da ihr Vater tot war und die Herausforderung fehlte, die

die Mitarbeit bei seinen Übersetzungen für sie dargestellt hatte.

Vielleicht gelingt es mir, das Buch, an dem er arbeitete, fertigzustellen, dachte Pandia. Aber ich bezweifle, ob ich kompetent genug bin, mit der Übersetzung eines neuen zu beginnen.

Sie erinnerte sich an Lord Silvesters Angebot, ihr dabei zu helfen, und sie hätte sich nichts Schöneres und Vollkommeneres vorstellen können, als eine Zusammenarbeit mit ihm.

Die vergessenen Sprachen und die vergessenen Stätten wären für sie zu neuem Leben erwacht. Er hätte aus dem reichen Schatz seines Wissens alles neu und eindrucksvoll vor ihrem geistigen Auge erstehen lassen.

»Er ist ein wundervoller Mensch«, murmelte sie, als sie sich niederlegte, und versuchte sich klarzumachen, wie dankbar sie sein mußte, ihm überhaupt begegnet zu sein.

Dann dachte sie:

Auch wenn ich ihn nie mehr wiedersehen sollte, ich werde ihn nie aus den Augen verlieren. Durch seine Bücher werde ich immer über seine Reisen und seine Arbeit informiert sein.

Sie wußte natürlich, daß es etwas völlig anderes war, ihn neben sich zu wissen, ihn gleichsam körperlich zu spüren, seine dunkle, beschwörende Stimme zu hören und den sonderbaren Ausdruck in seinen Augen zu sehen, der sie so scheu und verlegen machte.

Nachdem Emma die Gaslampen gelöscht hatte, brannten nur noch zwei Kerzen auf dem Nachttisch neben dem Bett.

»Gute Nacht, M'lady!« sagte das Mädchen von der Tür her.

»Gute Nacht, Emma, es tut mir leid, daß Sie meinetwegen so lange aufbleiben mußten.«

»Es war mir ein Vergnügen, M'lady!«

Emma knickste, verließ das Zimmer und schloß die Tür hinter sich.

Pandia ließ sich in die Kissen sinken.

Sie wollte die Kerzen noch eine Zeitlang brennen lassen, um sich das wunderschöne Zimmer noch ein wenig anzusehen. Alle Einzelheiten würde sie sich genauestens einprägen, denn schließlich würde sie nie wieder in einem solchen Raum schlafen können.

Vielleicht kann ich eine Geschichte über das Schloß schreiben, dachte sie. Und die Heldin würde in diesem Zimmer schlafen, hier dem Mann ihrer Träume begegnen, ihn heiraten und die Ducheß von Doringcourt werden.

Doch sie machte sich wieder etwas vor. Sogar in ihren Gedanken betrog sie sich, denn es war nicht der Duke von Doringcourt, an den sie dachte, sondern Lord Silvester.

»Kein Duke«, flüsterte sie, »könnte schöner sein, und kein Duke könnte eine größere Anziehung auf mich ausüben als er.«

Dann, als hätten ihre Gedanken ihn herbeigezwungen, öffnete sich die Tür ihres Schlafzimmers, und Lord Silvester trat ein.

Sekundenlang glaubte Pandia, einen Geist zu sehen.

Doch dann vernahm sie das Geräusch der sich schließenden Tür, hörte seine Schritte, die sich ihrem Bett näherten.

Erstaunt und völlig fassungslos starrte sie ihn an. Die Augen schienen das kleine Gesicht völlig auszufüllen.

»Warum ... warum sind – Sie hier?« stammelte sie, als er dicht vor ihrem Bett stehen blieb. »Sie hätten nicht ... Sie hätten nicht in mein Zimmer kommen dürfen!«

Lord Silvesters Lippen verzogen sich zu einem schwachen Lächeln, während er auf sie niederblickte und sich die roten Lichter in ihrem Haar bei dem flakkernden Schein der Kerzen in tanzende kleine Feuerzungen verwandelten.

»Wir haben uns noch nicht richtig gute Nacht gesagt«, stellte er ruhig fest.

Langsam setzte er sich zu ihr aufs Bett und schaute ihr forschend in die Augen.

Er trug ein chinesisches Gewand aus schwarzer Seide, das mit goldenen Drachen bestickt war.

»Aber ich habe Ihnen doch gute Nacht gesagt!« entgegnete Pandia verständnislos.

Seine Nähe verwirrte sie, und ihr Herz schlug wild und hart. Eine seltsame Trockenheit breitete sich in ihrem Mund aus, und es war ihr unmöglich, weiterzusprechen.

»Aber nicht so, wie ich es mir vorgestellt habe«, erwiderte er. »Außerdem waren Sie es, die vorschlug, daß wir zu Bett gehen sollten.«

Pandia stieß einen leisen Entsetzensruf aus.

»Aber so habe ich das doch nicht gemeint! Natürlich habe ich das so nicht gemeint!«

»Und weshalb nicht?«

Da sie keine Worte fand, ihm zu antworten, sprach er weiter:

»Vielleicht denken Sie, es ginge zu schnell. Aber wir wissen doch beide, auch ohne daß wir es erst noch aussprechen müssen, was wir füreinander empfinden.

Und wir werden wohl nie wieder eine Gelegenheit wie diese haben.«

»Ich ... ich habe keine Ahnung, was ... Sie mir damit – sagen wollen«, stammelte Pandia.

Der Ausdruck seiner Augen verriet ihr, daß er ihr nicht glaubte.

Außerdem war sie sich überscharf bewußt, daß das Nachtgewand, das sie trug, so durchscheinend war, daß es mehr freigab, als es verbarg.

Unwillkürlich zog sie das Seidenlaken höher.

Es war eine Bewegung der Abwehr, und Lord Silvester sagte mit einer Spur von Erstaunen in der Stimme:

»Sie sind zwar noch sehr jung, gleichzeitig aber sind Sie eine verheiratete Frau, und ich kann nicht glauben, daß Sie nicht wissen sollten, was ich für Sie empfinde und wie sehr ich Sie begehre.«

»Bitte nicht! Sie dürfen so etwas nicht sagen!« bat Pandia. »Es ist falsch – verboten!«

»Sie und ich, wir wissen beide, daß die Liebe für die Griechen nichts Falsches oder Verbotenes war«, antwortete Lord Silvester. »Und Sie und ich, meine anbetungswürdige kleine Göttin, sind eins mit den Göttern.«

Bei diesen Worten beugte er sich über sie, und ehe Pandia begriff, was er vorhatte, schlang er die Arme um sie und preßte seine Lippen auf die ihren.

Pandia war von seinem Tun völlig überrumpelt.

Und als sie begriff, daß sie sich gegen ihn zur Wehr setzen mußte und sie ihre Hände hob, um ihn zurückzustoßen, brachen Gefühle in ihr auf, die sie nie zuvor gekannt hatte.

Wieder gingen diese Schwingungen von ihm aus, die sie erfaßten, sie überwältigten und beglückten.

Lichtstrahlen schienen sie zu durchdringen. Ein Strom der Wärme flutete von ihren Lippen zu ihrem Herzen und breitete sich im ganzen Körper aus. Das Gefühl war so wundervoll, daß es Pandia den Atem verschlug.

Seine Arme verstärkten den Druck, sein Mund wurde fordernder.

Pandia wußte, sie mußte ihn von sich stoßen, doch gleichzeitig fühlte sie etwas in sich, das sie nicht unter Kontrolle zu halten vermochte, etwas, das ihm wie eine Flamme entgegenloderte.

Ich gehöre ihm, dachte sie, ich bin sein.

Sie fühlte sich hinaufgetragen zum Gipfel des Olymp. Sie waren – wie er gesagt hatte – keine menschlichen Wesen mehr, sondern Gottheiten, eingehüllt in himmlisches Licht.

Lord Silvester ließ von ihr ab und hob den Kopf.

»Du bist eine Göttin«, flüsterte er, »denn keine Menschenfrau hat mich jemals das empfinden lassen, was ich bei dir empfinde. Es ist so wundervoll, so einmalig und unvergleichlich, und ich kann nur sagen, daß ich dich liebe.«

Seine Stimme war dunkel und heiser vor Erregung, während er ihr in die Augen blickte, die im Kerzenlicht leuchteten. Ihre Lippen bebten noch von seinen Küssen, und die völlig aufgelöste Haarpracht umrahmte rotschimmernd das schöne Gesicht.

Hingerissen betrachtete er sie.

Keine Göttin könnte schöner sein als sie, dachte er.

»Ich liebe dich!« wiederholte er heftig. »Und ich begehre dich so sehr, wie du mich begehrst, Darling.«

Als holten seine Worte sie jäh aus einem Rausch zurück, in den er sie versetzt hatte, begriff Pandia blitzartig den Sinn seiner Worte.

Mit einer beinahe übermenschlichen Anstrengung gelang es ihr, die Sprache wiederzufinden.

»Bitte – es ist unrecht. Sie … Sie dürfen mich nicht wieder küssen!«

»Mein Gott, es geht mir nicht um die Küsse«, erwiderte Lord Silvester. »Ich möchte deinen herrlichen, wundervollen Körper besitzen, so wie mir dein Herz längst gehört!«

»Nein, nein!« rief Pandia.

Sie legte ihre Hände flach gegen seine Brust und versuchte, ihn von sich zu stoßen.

Als sie ihn berührte, merkte sie, wie stark er war und daß sie nichts gegen seine Kraft ausrichten konnte.

»Weshalb setzt du dich gegen mich zur Wehr?« fragte er. »Was wir gefunden haben, ist so kostbar, meine Liebste, so vollkommen, daß es ein Verbrechen wäre, es zu verleugnen.«

Pandia empfand das gleiche.

Doch obwohl sie nicht genau wußte, was geschah, wenn ein Mann und eine Frau einander liebten, war ihr klar, daß es etwas war, das sie nicht zulassen durfte. Daß es eine Sünde war, wenn beide nicht durch das Band der Ehe gebunden waren.

»Bitte, küssen – Sie mich nicht!« sagte sie flehend.

Ihre Stimme klang schwach und hilflos, aber das Feuer in seinen Augen sagte ihr, daß sie ihn damit nur noch mehr erregte.

»Wie willst du mich daran hindern?« fragte er.

Dann beugte er sich erneut über sie und küßte sie wieder mit langen, leidenschaftlichen Küssen, die immer fordernder wurden und Pandia auf eine rauschhafte Art zu lähmen schienen.

Sie war nicht mehr imstande zu denken. Nichts

nahm sie mehr wahr von den Dingen um sie her. Sie spürte nur noch die Lichtspeere, die sie durchdrangen, den Lavastrom, der durch ihre Adern floß und der immer wilder und mächtiger in ihr wurde, je länger sie seine Lippen auf den ihren spürte.

Plötzlich glaubte sie Selenes Stimme wie aus einem Nebel zu vernehmen, die sagte:

»Aber wenigstens etwas hat Papa mir mitgegeben: Ich habe Feuer im Blut.«

Der Gedanke an die Schwester erinnerte Pandia, wie entsetzt sie darüber gewesen war, daß Selene einen Liebhaber hatte. Und schlagartig wurde ihr klar, daß sie selbst sich nun ebenfalls auf eine Weise benahm, die ihre Mutter in höchstem Maße empörend gefunden hätte.

Mit einer Willensanstrengung, die ihr das Gefühl gab, sich das Herz aus der Brust zu reißen, drehte sie den Kopf zur Seite und entzog ihre Lippen denen des Mannes über ihr.

»Bitte!« bettelte sie. »Bitte, hören Sie mir zu! Es gibt etwas, das ich Ihnen unbedingt sagen muß.«

»Nein, keine Worte«, stieß er wild hervor. »Es ist nicht die Zeit zum Reden, sondern zum Lieben!«

Sie fühlte seine Hand über ihre Hüfte gleiten, und die Wärme und Kraft dieser Berührung ließen sie erkennen, was er von ihr wünschte.

Sie versuchte, sich ihm zu entwinden, und als er begann, das Laken wegzuziehen, das ihre Brüste bedeckte, rief sie verzweifelt:

»Sie machen mir Angst. Bitte, hören Sie. So hören Sie doch, bitte, bitte ...«

Ihre Stimme war die eines Kindes, das in höchster Not um Hilfe schreit. Lord Silvester hielt jäh inne.

»Sie haben Angst? Abcr warum, ich verstehe nicht!«

»Ja, ich habe Angst. Angst vor Ihnen. Weil ich nicht ganz sicher bin, was Sie mit mir tun wollen…« Hilflos brach Pandia ab. Dann fuhr sie gehetzt fort: »Nein, ich will nicht. Ich weiß, es ist etwas Unrechtes. Mama würde es als etwas Verworfenes und Schlechtes angesehen haben.«

Langsam löste Lord Silvester seine Arme von ihr und richtete sich auf.

Obwohl sie nun frei war, verspürte Pandia keineswegs ein Gefühl der Befreiung.

Im Gegenteil, Panik schien sich in ihr auszubreiten, und mit ihr wuchs das Bewußtsein eines Verlustes, der durch nichts in der Welt zu ersetzen sein würde.

»Versuchen Sie doch zu verstehen …«, stammelte sie unzusammenhängend, »es … ist so schwierig – zu erklären … Aber Sie … Sie dürfen mich nicht mehr anfassen und … und küssen.«

»Aber ich habe dich geküßt«, sagte Lord Silvester. »Und was ist es, was ich verstehen soll?«

Er blickte ihr in die Augen, die ihn flehentlich anschauten, sah, wie sie beide Hände schützend vor die Brüste legte, als wollte sie diese schamhaft vor ihm verbergen.

Seine Augen forschten in ihrem Gesicht.

Dann sagte er:

»Wenn ich nicht genau wüßte, daß du verheiratet bist, ich könnte schwören, es war das erste Mal, daß du von einem Mann geküßt wurdest.«

Pandias Augen flackerten unruhig, und ihre Wimpern lagen lang und dunkel auf den blassen Wangen.

Dann sagte Lord Silvester scharf:

»Schau mich an! Sag mir die Wahrheit! Hat dich schon einmal ein Mann besessen?«

Im ersten Moment verstand Pandia seine Frage nicht, dann antwortete sie mit einem entsetzten Ton in der Stimme:

»Nein, natürlich nicht! Wie können Sie glauben, daß ich so etwas tun würde!«

Sie verstummte erschreckt, als sie den Ausdruck auf seinem Gesicht sah. Heiß fiel ihr ein, daß sie wieder einmal nicht wie Selene gesprochen hatte. Es waren ihre eigenen Gedanken gewesen, die sie geäußert, ihre eigene Situation, die sie in den heftig hervorgestoßenen Worten dargelegt hatte.

»Ist das wahr?« fragte Lord Silvester ungläubig. »Wie soll ich Ihnen das abnehmen? Erklären Sie mir das!«

Er war wieder in das distanzierte Sie verfallen, und seine Augen musterten sie prüfend.

Ein Gefühl der Panik überkam Pandia. Erschreckt fragte sie sich, was er wohl von ihr denken mochte. Ihre unbedachten Worte hatten ihre Situation noch auswegloser gemacht. Sie war verzweifelt, und in ihrer Verzweiflung wußte sie sich nicht anders mehr zu helfen, als ihn anzuschreien:

»Gehen Sie endlich! Sie haben kein Recht, hier – einzudringen und mir all diese Fragen zu stellen! Es ist spät – und ich möchte – schlafen!«

Diese Worte zerrissen ihr fast das Herz, und sie konnte nicht verhindern, daß ihr plötzlich die Tränen in die Augen schossen.

Fassungslos sah Lord Silvester sie an, dann streckte er den Arm aus und nahm ihre Hand in die seine.

»Ich habe Sie aufgeregt«, sagte er, »und das ist etwas, das ich keinesfalls gewollt habe. Ich verstehe es nicht und finde es äußerst verwirrend. Aber wir werden morgen darüber reden.«

Die Berührung seiner Hände wirkte beruhigend, doch weil sie wußte, daß sie ihn enttäuscht und verunsichert hatte, sagte Pandia nun zögernd:

»Es tut mir so leid. Der Abend war so wundervoll.«

»Sollte ich Ihnen den Abend verdorben haben, bedauere ich es sehr, aber Sie haben mich total verwirrt und ich hätte nie geglaubt, daß mir das so leicht passieren könnte.«

Unwillkürlich verstärkte sich der Druck ihrer Finger.

»Sie sind nicht – böse?«

Er schüttelte den Kopf.

»Nein, nicht böse, nur sehr verwirrt. Und ich habe nicht die leiseste Ahnung, was ich nun tun soll.«

»Werde ich – Sie morgen sehen?«

»Wenn Sie es wünschen.«

»Bitte ... bitte besuchen Sie mich, und bringen Sie mir Ihr neues Buch mit. Es wird eine Erinnerung für mich sein, wenn ich ...«

Sie verstummte und war sich bewußt, daß sie sich schon wieder verraten hatte.

Er rührte sich nicht. Er saß nur da und blickte sie an, als versuchte er sich ihr Gesicht einzuprägen.

Dann preßte er ihre Hand, daß es schmerzte, und sagte:

»Ich werde Sie jetzt verlassen, weil Sie mich darum gebeten haben und weil ich Sie nicht zu etwas zwingen will, das Sie nicht möchten. Doch ich nehme an, Sie wissen, was Sie mir damit antun. Sie vertreiben mich aus dem Paradies und verschließen dessen Tor vor mir.«

»Es ist nicht etwas, das ich gerne tue«, sagte Pandia, »aber ich muß es tun.«

»Warum?«

»Das ... das kann ich Ihnen nicht sagen.«

»Als wir vorhin miteinander sprachen, glaubte ich, Ihre Gedanken lesen zu können, und mir wurde klar, daß Sie imstande sind, die meinen zu lesen. Ich war der festen Überzeugung, daß es zwischen uns einfach keine Geheimnisse mehr geben könnte.«

Weil Pandia das gleiche empfunden hatte, verspürte sie den verzweifelten Wunsch, sich ihm anzuvertrauen, ihm die Wahrheit zu sagen und ihm zu erklären, wer sie war und weshalb sie an der Beerdigung teilgenommen hatte.

Doch sie wußte, sie konnte Selene auf diese Weise nicht hintergehen. Was war, wenn er mit anderen über das Täuschungsmanöver sprach? Die Geschichte konnte Selenes Mann zu Ohren kommen. Selene konnte bei ihm in Ungnade fallen, er würde sie wegen ihres Seitensprungs verstoßen.

Dieser Gedanke hatte etwas so Erschreckendes, daß Pandia von der Furcht befallen wurde, sie könnte sich bereits verraten und Lord Silvesters Argwohn erregt haben.

Hatte sie durch ihre Unüberlegtheiten die Schwester bereits in Schwierigkeiten gebracht? Waren Selenes Glück und Sicherheit schon gefährdet?

»Was beunruhigt Sie so sehr?« fragte Lord Silvester.

»Werden Sie mir versprechen...bei allem, was Ihnen heilig ist, versprechen, mit niemandem über den heutigen Abend zu reden?« fragte sie ihn. »Keine Menschenseele darf erfahren, worüber wir gesprochen oder daß Sie mich geküßt haben.«

»Glauben Sie wirklich, ich wäre dazu imstande?« fragte Lord Silvester, und eine Spur von Verärgerung war in seiner Stimme.

»Ich ... ich ... es tut mir leid«, stammelte Pandia. »Bitte, verzeihen Sie mir. Aber ich bin ... ich habe eine solche Angst vor einem Skandal, vor dem Gerede der Leute und ...«

Sie verstummte, während sie nach den richtigen Worten suchte.

»... und um Ihren Ruf in der Gesellschaft«, vollendete Lord Silvester den Satz, und der zynische Ton in seinen Worten war nicht zu überhören.

Weil sie seinen Spott nicht ertragen konnte, erwiderte sie:

»Nein – das ist es nicht. Ich kann es Ihnen nicht erklären, doch ich schwöre Ihnen, daß es nicht der Grund ist!«

»Warum vertrauen Sie mir nicht?« fragte er. »Natürlich, es gibt keine Veranlassung dazu. Aber Sie sollten bedenken, daß die Götter selbst uns zusammenbrachten, und dies ist nicht das erste Mal, daß wir einander begegnet sind.«

Pandia atmete tief.

Sie wußte, er sprach von der Reinkarnation, an die auch ihr Vater geglaubt hatte – so wie sie selbst daran glaubte.

Sie wußte, daß sie sich in einem früheren Leben schon einmal getroffen hatten und daß nur darin die Erklärung zu suchen war für die Tatsache, daß sie sich vorhin in der Kirche seiner Gegenwart so lebendig bewußt gewesen war.

Das erklärte auch, weshalb sie bei seinen Küssen gewußt hatte, noch nie etwas Schöneres und Vollkommeneres erlebt zu haben, weshalb sie sich als die Seine gefühlt hatte, als ihm ganz und gar zugehörig.

»Das ist auch meine Überzeugung«, sagte sie mit kaum hörbarer Stimme. »Aber wir dürfen nicht daran denken, müssen es vielmehr ... vergessen!«

»Wollen Sie mir etwa klarmachen, daß Sie es fertigbringen, mich nach dem morgigen Tag aus Ihrem Gedächtnis zu tilgen? Das werden Sie niemals können, und wenn Sie es noch so sehr versuchen.«

»Nein, ich werde immer an Sie denken«, antwortete Pandia. »Aber Sie müssen – mich vergessen!«

»Weshalb sollte ich?«

Sie stellte fest, daß sie keine Antwort darauf fand, und er fuhr fort:

»Überall in der Welt habe ich nach Ihnen gesucht, habe gehofft, Sie in Griechenland oder in einem anderen Land zu finden. Vergebens! Doch dann begegnete ich Ihnen wie durch ein Wunder ausgerechnet auf einer Beerdigung in einer kleinen englischen Dorfkirche. Ist Ihnen klar, was das für mich bedeutet?«

Fast klang es ein wenig spaßig, wie er das sagte, aber Pandia war nicht zum Lachen zumute.

Sie hatte nach dem Mann ihres Lebens nie an solchen Orten gesucht wie Lord Silvester, sie hatte ihn in ihren Träumen gesucht. Aber das war nicht weniger bedeutsam für sie gewesen.

Ja, schon immer hatte er in ihrem Denken und Fühlen den entscheidenden Platz eingenommen. Er war gegenwärtig gewesen, wenn sie und ihr Vater vom Olymp gesprochen hatten, von Delphi und von den Göttern, die ihre Gottheit verbargen, um die Gestalt von Menschen anzunehmen.

Nun wußte sie, wessen Bild sie in ihrem Inneren getragen hatte. Es war Lord Silvester gewesen, dem sich ihr ganzes Sein entgegengesehnt hatte, obwohl sie nie auf die Idee gekommen war, es könnte ihn auf dieser Erde wirklich geben.

Aber das Unglaubliche war Wirklichkeit geworden. Es gab ihn. Er war da, saß neben ihr auf dem Bett, er hielt ihre Hand in der seinen.

Der Gedanke durchzuckte ihr Hirn, welch ein bodenloser, unverantwortlicher Leichtsinn es war, ihn zurückzustoßen, ihn zu hindern, das zu tun, was er tun wollte: sie zu lieben.

Sie wußte, wenn er das tat, würde es sie erneut zum Gipfel des Olymp emportragen, hinein in die strahlende Welt der Götter, in die Gefilde der Seligen.

Als spürte er, was sie dachte, sagte er mit dunkler Stimme:

»Sie machen es mir sehr schwer, meine kleine Göttin, und trotzdem würde ich lieber meinen rechten Arm opfern, als Sie auf irgendeine Weise zu verletzen.«

Bei diesen Worten hob er ihre Hand an die Lippen.

Sein Mund berührte jeden ihrer Finger, dann drehte er ihre Hand um und bedeckte ihre Handfläche mit Küssen.

Schauder liefen durch ihren Körper. Erneut fühlte sie die Flamme der Leidenschaft jäh in sich auflodern, und eine heiße Woge der Erregung schlug über ihr zusammen.

Ohne zu überlegen, besinnungslos vor Begierde, bot sie ihm die Lippen zum Kuß.

Er blickte auf sie nieder, und während sie darauf wartete, daß er sie küßte, zog er sie an sich. Doch seine Lippen berührten die ihren nicht.

Statt dessen sagte er mit beherrschter Stimme:

»Ich liebe und verehre Sie, aber ich wage nicht, Sie wieder zu berühren. Wir mögen uns wie Götter fühlen, mein Darling, aber in dieser Nacht bin ich ein Mann, und Sie quälen mich langsam zu Tode, wenn ich dem nicht ein Ende mache.«

Er küßte noch einmal die Hand, die er umfaßt hielt, dann ließ er sie sanft und sehr zärtlich auf Pandias Brust sinken und erhob sich.

»Geben Sie sich keiner Täuschung hin«, sagte er. »Nun, da ich Sie gefunden habe, werde ich alles tun, um Sie nicht mehr zu verlieren.«

Ohne ein weiteres Wort wandte er sich um und ging zu der Tür, durch die er hereingekommen war.

Dort angekommen blickte er zurück.

Erst als Pandia erkannte, daß er entschlossen war, sie zu verlassen, stieß sie einen unartikulierten Schrei aus. Gleichzeitig streckte sie die Arme aus, als wolle sie ihn zurückhalten.

»Ich liebe Sie«, sagte Lord Silvester ruhig. »Und nun versuchen Sie, zu schlafen. Denken Sie daran, daß ich Sie liebe – und weil ich weiß, daß auch Sie mich lieben, gibt es im Augenblick nichts, was wir beide tun könnten.«

Die Tür schloß sich hinter ihm, und eine jähe Stille breitete sich aus.

Während sich Pandia am nächsten Morgen ankleidete, brachte Mrs. Whiteley ihr die frohe Kunde, daß das Wetter sich beruhigt habe und der Kutscher davon überzeugt sei, die Fahrt nach London würde ohne Schwierigkeiten vonstatten gehen, wenn sie erst einmal die Landstraße erreicht hätten.

»Ihre Ladyschaft würde sich noch gerne von Ihnen verabschieden, Mylady«, sagte sie dann. »Sobald Sie das Frühstück beendet haben, werde ich Sie zu ihr führen, falls es Ihnen recht ist.«

»Ja, danke«, sagte Pandia. »Sie sind sehr liebenswürdig, Mrs. Whiteley.«

Mit Erleichterung hatte sie vorhin festgestellt, daß sich in ihrer Handtasche ein beträchtlicher Geldbetrag befand. So war sie in der Lage, Mrs. Whiteley und Emma ein reichliches Trinkgeld in die Hand zu drükken, und sie wußte, daß sie dem Butler wenigstens drei Sovereigns geben mußte.

Ihre Mutter hatte oft davon gesprochen, daß die Dienerschaft der großen Häuser, in denen sie als Mädchen zu Besuch war, stets hohe Trinkgelder erwarteten.

Pandia war sicher, daß es Yvette gewesen war, die ihr das Geld in weiser Voraussicht in die Handtasche gesteckt hatte, während Selene bestimmt nicht daran gedacht hatte, daß ihre Schwester knapp bei Kasse sein könnte.

Pandia warf einen letzten Blick in den Spiegel, nachdem Mrs. Whiteley sie frisiert hatte. Dann ging sie zum Frühstück.

Während sie die Treppe hinunterstieg, schlug ihr das Herz bis in den Hals bei dem Gedanken, daß sie in wenigen Sekunden Lord Silvester sehen würde.

Was gestern nacht geschehen war, kam ihr nun wie ein Traum vor, und doch wußte sie, daß sie das Wunder seiner Küsse nie vergessen würde.

Sie betrat den Frühstücksraum, den einer der Diener ihr zeigte, doch zu ihrer großen Enttäuschung war Lord Silvester nicht da.

Vielleicht kommt er später, dachte sie, stellte jedoch

im selben Augenblick fest, daß der Tisch nur für eine Person gedeckt war.

»Guten Morgen, Mylady«, sagte der Butler, der herbeigeeilt war, um ihr den Stuhl zurechtzurücken.

Pandia grüßte zurück, und da sie die Ungewißheit nicht ertragen konnte, fragte sie:

»Hat Seine Lordschaft schon gefrühstückt?«

»Ja, Mylady, sehr früh sogar, da Seine Lordschaft dringend nach London mußte.«

»Er ist nach London gefahren?«

Die Worte kamen fast wie ein Schrei über ihre Lippen.

»Soviel ich weiß, hat seine Lordschaft eine geschäftliche Verabredung. Da er sich von Ihrer Ladyschaft nicht mehr verabschieden konnte, hinterließ er eine Nachricht für Sie.«

Er brachte den Brief auf einem Silbertablett und reichte ihn Pandia. Während sie die Hand ausstreckte, um die Nachricht an sich zu nehmen, stellte sie fest, daß sie vor Aufregung am ganzen Körper zitterte.

Sie öffnete den Umschag und entfaltete das Blatt.

Es waren nur einige wenige Zeilen, und Pandia las:

Ich bin so früh schon aufgebrochen, damit ich Ihnen auch ganz bestimmt das Buch bringen kann, das für uns beide so wichtig ist. Wir sehen uns zur Teezeit. Ich weiß, Sie haben Verständnis dafür.

J. Stone

Im ersten Moment fühlte Pandia einen scharfen Stich in der Herzgegend bei dem Gedanken, daß er so förmlich geschrieben hatte. Doch dann begriff sie.

Es war die Unterschrift unter dem Brief, die ihr bewußt machte, daß er um ihren Ruf als Komteß von Linbourne besorgt war und deshalb in einer Form geschrieben hatte, an der niemand Anstoß nehmen konnte.

Und gleichzeitig hatte er den Namen unter seinen Brief gesetzt, der ihnen beiden in einem ganz anderen Zusammenhang so viel bedeutete, um ihr zu zeigen, daß er sich keinerlei Sorgen machte, sie könnte ihn falsch verstehen. Wenn er mit J. Stone unterschrieb, dann hieß das: Du weißt, daß ich dir damit alles schreibe, was ich für dich empfinde, dem Papier jedoch nicht anvertrauen kann!

Pandia schob den Brief in den Umschlag zurück und sagte:

»Seine Lordschaft trifft sich heute morgen mit seinem Verleger. Bis gestern hatte ich nicht die geringste Ahnung davon, daß er ein solch berühmter Schriftsteller ist.«

»Das überrascht mich, M'lady«, erwiderte der Butler. »Wir alle im Haus sind sehr stolz auf seine Lordschaft. Und obwohl seine Gnaden nicht damit einverstanden war, daß Seine Lordschaft so viel im Ausland weilte, hatte er stets eins seiner Bücher neben sich auf dem Nachttisch liegen, um immer wieder darin zu lesen.«

Das ist etwas, das ich in Zukunft auch tun werde, dachte Pandia.

Eilig beendete sie ihr Frühstück, um möglichst rasch nach London aufbrechen zu können. Sie wollte zeitig genug auf dem Grosvenor Square sein, um Lord Silvester zum Tee zu empfangen.

Sie ging noch zu Lady Annes Zimmer hinauf, um der alten Dame good bye zu sagen, aber bei Lady Annes Anblick beschlich sie ein ungutes Gefühl. Die Gute wirkte sehr schwach und zerbrechlich und würde ganz sicher nicht mehr lange leben.

»Ich hörte, die Straße ist wieder befahrbar«, sagte Lady Anne mit brüchiger Stimme. »Wie gut, daß Sie die letzte Nacht im Schloß zugebracht haben. Ich war ja so froh darüber, daß der gute Silvester sich um Sie gekümmert hat.«

»Er ist eine sehr interessante Persönlichkeit«, erwiderte Pandia.

»Ja, und ein solch liebenswürdiger und rücksichtsvoller junger Mann«, fügte Lady Anne hinzu. »Mein Bruder hielt große Stücke auf ihn, und ich glaube, daß er Silvester gern als Sohn und Erben gehabt hätte. Aber das möchte ich Ihnen nur ganz im Vertrauen sagen. Bitte, machen Sie keinen Gebrauch davon.«

»Sind seine Eltern tot?« fragte Pandia und war sich ihrer Neugier durchaus bewußt. Aber im Augenblick kümmerte sie das nicht. Der Wunsch, alles über den Mann zu erfahren, der im Begriff war, eine immer größere Bedeutung in ihrem Leben anzunehmen, war zu stark in ihr.

»Seine Mutter starb, als er siebzehn war, und sein Vater heiratete dann ein zweites Mal. Die Stiefmutter mochte Silvester nicht, und da er sich zu Hause unglücklich fühlte, kam er in den Ferien stets zu uns. Wir hatten ihn gerne hier.«

»Aber er wollte reisen, durch die ganze Welt reisen, nicht wahr?« sagte Pandia mehr zu sich selbst.

»Ja, das Abenteuer lockte ihn, und zu Hause, auf dem väterlichen Schloß, wo sein Bruder lebte, der bedeutend älter war als er, fühlte er sich eingeengt und unfrei.«

»Das kann ich verstehen«, sagte Pandia mitfühlend.

Sie dachte, wie froh Lord Silvester sein konnte, daß er auf diese Weise die Welt kennengelernt hatte. Und gleichzeitig hatte er seine Reisen zum Studium der alten Kulturen benutzt, etwas, das ihr Vater nur in seinem kleinen Haus in Little Barford hatte tun können.

Auch darüber hätte sie mit Lord Silvester gern gesprochen, weil sie wußte, daß er sie verstehen würde.

Rasch sagte sie Lady Anne good bye, und als sie in dem eleganten Astrachanumhang mit dem kostbaren Chinchillakragen in die große Halle hinunterkam, stellte sie erfreut fest, daß ihre Kutsche bereits auf sie wartete.

Während die Pferde sich erst noch mit dem Schnee vertraut machen mußten, der die Straße bedeckte, verging Pandia fast vor Ungeduld. Es drängte sie, nach London zu kommen und Lord Silvester zu sehen.

»Ich werde ihn wiedersehen ... ich werde mit ihm reden ... und vielleicht – wird er mich – küssen«, flüsterte sie, eingehüllt in das rumpelnde Geräusch der Räder.

Sie fühlte, wie ihr das Blut in die Wangen stieg, weil sie es für unschicklich hielt, sich nach seinen Küssen zu sehnen. Aber es war unmöglich, die Flamme niederzuhalten, die in ihrem Herzen loderte, wenn sie an die vergangene Nacht dachte und an die Leidenschaft und Ekstase, die er in ihr geweckt hatte.

»Ich liebe ihn«, brach es aus ihr hervor. »Ich liebe ihn – mit meinem Herzen, mit meiner Seele und mit meinem Körper. Ich habe das Gefühl, daß es auf Erden nur noch ihn und ihn allein gibt.«

Sie fragte sich, was er sagen würde, wenn er erfuhr, daß sie nicht die Komteß von Linbourne, sondern nur die einfache Miß Pandia Hunyadi war.

Doch dann fiel ihr ein, daß er das nie erfahren würde. Wenn sie Lord Silvester oder sonst jemandem ihre wahre Identität offenbarte, wäre das ein Verrat an ihrer Schwester, ein Judasdienst, den sie ihr leistete.

Außerdem war sie sicher, daß er gar nicht den Wunsch hatte, sie zu seiner Frau zu machen.

Ein Mann, der ständig in der Welt herumreiste, verbotene Orte aufsuchte, die noch nie zuvor der Fuß eines Weißen betreten hatte, konnte sich nicht mit einer Ehefrau belasten. Sie würde ihm nur ständig im Weg sein.

Und wenn er ihr gestern auch seine Liebe gestanden und beteuert hatte, daß er sie nie mehr verlieren wolle, so war das nur deshalb geschehen, weil er sie für eine verheiratete Frau hielt, deren Liebhaber er zu werden hoffte, und die ihm als Gattin nie hinderlich sein würde.

»Nein«, sagte sie sich. »Dies alles ist nur ein Traum, ein Traum, aus dem keiner von uns jemals erwachen sollte.«

Sie wußte, daß dieser Traum, selbst wenn er sich nicht in einen Alptraum verwandelte, für sie nicht nur beglückend sein würde. Denn wenn sie der Tatsache ins Auge blickte, daß sie Lord Silvester nie mehr begegnen würde, dann bedeutete das unstillbare Sehnsucht für sie, nie endende Verlorenheit und unablässig wachsende Verzweiflung.

Sie würde seine Bücher lesen und sie an ihr Herz drücken. Doch das war nicht das gleiche wie das Gefühl, das sie verspürte, wenn seine Lippen die ihren berührten und seine Hände – die Vorstellung ließ sie wieder erröten – zärtlich über ihren Körper glitten.

Wieder einmal durchzuckte der Gedanke ihr Hirn, wie dumm es von ihr war, das Geschenk, das die Götter ihr in der vergangenen Nacht angeboten hatten, nicht mit beiden Händen ergriffen und Lord Silvester erlaubt zu haben, sie zu lieben, wie es sein Wunsch gewesen war.

Dann hätte sie wenigstens etwas gehabt, an das sie sich erinnern konnte. Statt dessen würde sie sich vielleicht bis an ihr Lebensende den Vorwurf machen, ihn abgewiesen, gequält und enttäuscht zu haben.

Noch während sie dies dachte, drängte sich ihr eine andere Überlegung auf: Wäre sie ihm zu Willen gewesen, hätte sie all ihre Ideale, all ihre moralischen Grundsätze über den Haufen geworfen, und das zu einem Preis, der der Verlust all der Dinge gewesen wäre, die bisher ihr Leben sinnvoll gemacht hatten.

Pandia unterwarf sich, wenn auch schweren Herzens, der Erkenntnis, richtig gehandelt zu haben. Dennoch verstand sie nun die Haltung der Schwester ein wenig besser, die sie gestern noch so sehr entsetzt und entrüstet hatte. Am eigenen Leib war ihr widerfahren, wie stark und übermächtig die Versuchung dessen sein konnte, was Selene als »Feuer im Blut« bezeichnet hatte.

Nun verstand sie, was die Schwester damit gemeint hatte, und obwohl ihr Gewissen ihr sagte, daß sie das Richtige getan hatte, litt ihr Körper unter dem Hunger nach Liebe, deren Wesen und Bedeutung sie nun wohl nie mehr erfahren würde; nach jener Liebe, die ihre Mutter zur Flucht aus dem Elternhaus bewogen, die sie und den Vater so glücklich gemacht hatte in all den Jahren, die sie zusammen gewesen waren.

»Ja, das ist die Liebe, nach der ich mich immer gesehnt habe«, sagte Pandia leise, »doch als ich sie in Händen hatte, war ich so dumm, sie von mir zu stoßen.«

Sie spürte die Tränen in ihren Augen, doch sie würde nicht zulassen, daß sie jetzt, hier in der Kutsche, hemmungslos zu weinen begann.

Während der ganzen Fahrt nach London dachte Pandia an Lord Silvester und an ihre Liebe zu ihm. Und gleichzeitig war sie sich unablässig der Nähe ihrer Mutter bewußt.

Sie hörte die Stimme der Mutter, die ihr sagte, daß sie richtig gehandelt habe und ihre Entscheidung eines Tages nicht mehr bedauern werde – wenn sie es in diesem Augenblick auch noch nicht einzusehen vermochte.

Die Kutsche hielt vor dem Haus am Grosvenor Square. Der rote Teppich wurde ausgerollt, und in der Haustür erschien der Butler, um sie willkommen zu heißen.

»Ich bin froh, Sie gesund wiederzusehen, M'lady«, sagte er. »Wir haben uns gestern abend große Sorgen um Ihre Ladyschaft gemacht. Wir fürchteten, Sie könnten trotz des Schneesturms die Heimfahrt angetreten haben und in Schwierigkeiten gekommen sein.«

»Zum Glück wurde das Wetter so schlecht, daß wir uns einfach entschließen mußten, die Rückfahrt zu verschieben und die Nacht auf dem Schloß zu verbringen«, erwiderte Pandia.

»Das war gut, M'lady, sehr gut sogar!« sagte der Butler.

Als sie den Fuß der Treppe erreicht hatte, fragte er sie: »Möchten Ihre Ladyschaft das Luncheon auf Ihrem Zimmer einnehmen?«

»Das wäre mir sehr lieb«, antwortete Pandia. »Ich bin ein wenig erschöpft von der langen Fahrt.«

Sie machte eine Pause.

Dann fuhr sie fort:

»Lord Silvester Stone wird zum Tee kommen.«

»Sehr wohl, M'lady. Werden Sie den Salon dazu benutzen?«

»Ja, bitte.«

Während sie die Treppe hinaufstieg, spürte sie eine Welle der Erregung bei dem Gedanken, daß sie Lord Silvester wiedersehen würde, und sie dachte, daß der Salon die richtige Umgebung für sie sein würde, so wie es am vergangenen Abend der Silberne Salon im Schloß des Duke gewesen war, den er für sie ausgesucht hatte.

Ich werde ihn wiedersehen, dachte sie aufgeregt, bald schon!

Ihr Herz sang vor Freude, während sie ihre Schritte beschleunigte, als wolle sie dadurch erreichen, daß die Zeit bis zu seiner Ankunft schneller verging.

Yvette wartete bereits auf Pandia, und sobald sie die Tür hinter ihr geschlossen hatte, fragte die Zofe:

»Alles in Ordnung, *M'mselle?*«

»Alles ganz wunderbar«, erwiderte Pandia. »Außer dem Schnee, der uns daran hinderte, schon gestern abend wieder zurückzufahren.«

»Ich Angst haben, Sie irgendwo festsitzen.«

»Nein, nein, der Kutscher hat es erst gar nicht darauf ankommen lassen«, beruhigte Pandia sie.

Yvette half ihr beim Ablegen des Capes und meinte:

»Ich haben ausgesucht Kleider, die nehmen mit nach Hause.«

»Das ist sehr lieb von Ihnen«, antwortete Pandia und verspürte plötzlich den Wunsch, Yvette zu sagen, daß sie Selenes Geschenke nicht annehmen würde. »Ich will ihre Kleider nicht, Yvette«, wollte sie sagen. »Sie hat in der Vergangenheit nicht daran gedacht, mir etwas zu schenken, und jetzt braucht sie es auch nicht!«

Dann machte sie sich klar, wie lächerlich ein solches Verhalten wäre, denn sie würde ganz bestimmt nur

Kleider bekommen, die Selene bereits abgelegt hatte.

Als ob Yvette wüßte, was Pandia dachte, sagte sie: »*Madame* haben viele, viele Kleider. Ich wollen schon geben für *les pauvres* – zu Wohltätigkeitszwekken, wie Mrs. Henderson sagen.«

Pandia lachte.

Dann hatte sie plötzlich eine Idee und sagte:

»Hat Ihre Ladyschaft ein Reitkostüm, das sie nicht mehr braucht? Manchmal habe ich zu Hause die Möglichkeit, auf einem der Farmhöfe zu reiten, und das Reitkleid, das ich besitze, ist mir inzwischen nicht nur zu klein geworden, sondern an einigen Stellen auch ziemlich fadenscheinig.«

»Reitkostüm? Das glaube ich nicht, *M'mselle«*, antwortete Yvette. »Doch es geben zwei Reitkleider. *Madame* sagen, nicht mehr sehr gut.«

»Dann kann ich sie vielleicht mitnehmen?»

»Das alles mir überlassen«, erklärte Yvette. *»Aussi* … außerdem einige Kleider *très jolies, très chic! Madame* manchmal tragen Kleid einmal, zweimal, dann – *voilà* – nicht mehr. Sie nicht mögen.«

»Das klingt sehr extravagant!«

Yvette zuckte auf typisch französische Art die Schultern.

»Milor' sehr reich. Er wollen, *Madame* sein *toujours belle.«*

»Aber das ist sie doch auch so!« rief Pandia spontan, fühlte sich jedoch mit einem Mal ein wenig verlegen, weil es ihr in irgendeiner Weise nach Eigenlob klang.

Yvette begann damit, ihr aus dem schwarzen Kleid zu helfen und meinte:

»Nicht richtig, *M'mselle*, Sie haben so armselige Kleider und leben auf Land, während *Madame* haben alles.«

Pandia überlegte noch, was sie darauf antworten könnte, als Yvette fortfuhr:

»In Frankreich alle in Familie wichtig: *Grandmère, Grandpère, tous les enfants.* Immer glücklich alle zusammen. Mir fehlen mein Familie.«

»Das glaube ich Ihnen gern«, sagte Pandia mitfühlend. »So wie mir mein Vater und meine Mutter fehlen.«

»Sie ganz allein, *M'mselle?*

»Ja. Nur meine alte Nanny ist noch da. Sie lebt bei uns seit dem Tag, an dem Ihre Ladyschaft und ich geboren wurden.«

»Das sein gut, *M'mselle.* Aber *très belle*, genau wie *Madame*, und finden eine Mann. Was Sie brauchen: *un homme et l' amour.«*

Die Art, wie Yvette sprach, verriet Pandia, daß dies etwas war, was das Mädchen für sich selbst ersehnte, und so sagte sie:

»Ich hoffe, Yvette, daß auch Sie einen Mann finden, der Sie liebt und den Sie heiraten können.«

»Oui, oui, M'mselle! Ich fleißig sparen für große Aussteuer. Leicht, in Frankreich finden Mann, wenn haben große Aussteuer.«

»In dem Fall ist es gut, daß ich nicht in Frankreich lebe«, scherzte Pandia. »Ich würde dort ganz bestimmt eine alte Jungfer werden, oder wie Sie sagen: eine *Coiffer Sainte Catherine.«*

Yvette stieß einen kleinen Schrei aus.

»Non, non, M'mselle, nicht sein so pessimistisch! Sie heiraten wie *Madame* und haben große Familie.«

Pandia dachte, daß es genau dies war, was sie sich so sehnlichst wünschte, was jedoch nie in Erfüllung gehen würde.

Und als sie in das von zahlreichen Blumen duftende Boudoir ging, in dem das Luncheon auf sie wartete, dachte sie daran, daß Selene zwar alles besaß, was sie hätte glücklich machen können, daß sie jedoch den Mann nicht liebte, mit dem sie verheiratet war und daß sie auch keine Kinder hatte.

Aber das schien der Schwester nichts auszumachen, denn auf ihre Weise hatte sie ja doch alles das bekommen, was sie als Frau brauchte. Während Pandia sich dann dem Genuß der köstlichsten Speisen hingab, die ihr vom Butler und zwei Dienern serviert wurden, dachte sie, daß Selene nicht nur – wie ihr Vater es genannt hatte – an den »Fleischtöpfen Ägyptens« lebte, sondern daß die Schwester auch die Liebe gefunden hatte.

Zugegeben, es mochte eine Liebe sein, die verboten war, eine Liebe, die man als Sünde bezeichnete, aber es war trotzdem Liebe.

Was war besser? Zu lieben, wie es die Götter getan hatten, und diese Liebe zu genießen, oder allein zu bleiben? Allein, mit ein paar Erinnerungen?

Pandia wußte darauf keine Antwort, und sie fragte sich, ob Lord Silvester ihr diese Antwort geben könne.

6

Nach dem Luncheon zog Pandia eins der herrlichsten Kleider aus Selenes üppig gefüllten Kleiderschränken an.

Da sie feststellte, daß bis zur Ankunft Lord Silvesters noch reichlich Zeit war, beschloß sie, einen Erkundungsgang durch das Haus zu unternehmen.

Es war ein großes Haus, und es gab viele Dinge darin, die sie beeindruckten, und hier und da glaubte sie sogar den Geschmack der Mutter wiederzuerkennen, den Selene kopiert hatte.

Da waren zum Beispiel gewisse Farbzusammenstellungen, die ihre Mutter gemocht und für die Zimmer des kleinen Hauses in Little Barford ausgesucht hatte.

Selene hatte sich ebenfalls dafür entschieden, nur war das Ergebnis hier viel aufwendiger und kostspieliger.

Pandia dachte, daß Kinder tatsächlich von der Umgebung, in der sie aufwachsen, unbewußt geprägt werden. Und selbst dann, wenn sie den Wunsch verspürten, dem Elternhaus zu entfliehen, blieb diese Prägung für immer ein Teil ihres Wesens.

Über diese Erkenntnis hätte sie gern mit ihrem Vater gesprochen, der dazu sicherlich vieles zu sagen und zu erklären gehabt hätte und imstande gewesen wäre, das

Thema mit Beispielen aus Geschichte und Literatur zu beleuchten.

Der Gedanke an den Vater versetzte Pandia einen jähen Schmerz, denn sie erinnerte sich wieder einmal daran, daß er nicht mehr dasein würde, wenn sie in das kleine Haus am Rande des Dorfes zurückkehrte.

»Was soll ich nur mit mir anfangen – so ganz allein?« fragte sie sich.

Die Zukunft ängstigte sie, und um sich abzulenken, widmete sie sich der Betrachtung der Bilder, die in Selenes Boudoir hingen, dachte an die unzähligen Kunstgegenstände, die das Haus beherbergte, und an die Regale voller Bücher, die sie in der Bibliothek des Earl gesehen hatte.

Ein rascher Blick hatte genügt, zu erkennen, daß es nicht die Art von Büchern war, die sie interessierte.

Die meisten davon waren Autobiographien und Biographien von Politikern oder langweilige Sammlungen von Reden, die diese im Oberhaus, im Parlament oder in irgendeinem Teil des Empire sonst gehalten hatten.

Dennoch sagte sie sich, daß sie versuchen würde, sich als seine Frau für diese Dinge zu interessieren, damit sie sich mit ihrem Mann darüber unterhalten konnte, wenn dieser sich wie der Earl so sehr mit Politik und Regierungsfragen beschäftigte.

Dann schweiften ihre Gedanken zu den Themen ab, über die sie selbst gerne sprach, und dabei ertappte sie sich, daß sie in immer kürzeren Abständen auf die Uhr schaute und das Gefühl hatte, die Zeit wäre noch nie so langsam vergangen wie an diesem Nachmittag.

Schließlich - es war inzwischen vier Uhr geworden - ging sie nach unten in den Salon, um dort auf Lord Silvester zu warten.

Der Salon war tatsächlich ein Raum, der für Selene – und damit auch für sie, Pandia – eine ideale Umgebung darstellte.

Die getäfelten Wände waren in einem sanften Nilblau gehalten und die Gesimse mit Gold abgesetzt.

Es gab den unvermeidlichen Kristalleuchter an der Decke und mehrere Wandleuchter für das Gaslicht.

Sie wirkten in dem stilvollen Raum ein wenig wie Fremdkörper, und ihr Licht war in seiner nackten Nüchternheit gewiß nicht mit dem warmen Schein der Kerzen zu vergleichen, die diesen Raum früher einmal erhellt hatten. Aber da Gas eine neue Erfindung war und inzwischen wohl in jedes wohlhabende Haus gehörte, hatte Selene mit der Anschaffung dieser technischen Neuerung sicher nicht zurückstehen wollen.

Die Möbel kamen offensichtlich aus Frankreich. Sie waren erstklassig gearbeitet und bestanden aus kostbaren Edelhölzern. In Glasvitrinen gab es viele Stücke erlesenen Porzellans aus Sèvres und Dresden, an dem – wie Pandia sich erinnerte – die Mutter ihre helle Freude gehabt hätte.

Die Bezüge der Stühle und Sofas sowie die Vorhänge zeigten ein tieferes Blau als die Wände, während alle Kissen und Blumen im Zimmer in Rosa gehalten waren.

Pandia war sich bewußt, daß Selene und sie mit dem Weiß ihrer Haut und dem rötlichen Ton ihres Haares vor einem solchen Hintergrund hinreißend aussehen mußten.

Aus diesem Grund war sie froh, ein Kleid gewählt zu haben, das zwar elegant, gleichzeitig aber auch betont einfach wirkte.

Diese Einfachheit hatte etwas unaufdringlich Bezauberndes und verlieh ihr, wie sie sich ein wenig verlegen eingestand, tatsächlich das Aussehen eines Wesens, das aus dem Olymp auf die Erde niedergestiegen zu sein schien.

Ungeduldig dachte sie, daß vielleicht jemand die Hausglocke abgestellt hätte, als schließlich - der große Zeiger der Kaminuhr stand genau auf halb - die Tür des Salons geöffnet wurde.

»Lord Silvester Stone, M'lady!« verkündete Bates feierlich.

Als er ins Zimmer trat, hatte Pandia den Eindruck, am Himmel flammten Tausende von Lichtern auf.

Er kam auf sie zu, und sie dachte, daß sie vergessen hatte, wie gut, wie ungewöhnlich schön er aussah.

Wie Apollo, der mit seinem Wagen in den Himmel auffuhr, um die Dunkelheit zu vertreiben, erschien er ihr, und sie glaubte, die Lichtstrahlen zu sehen, die von ihm ausgingen.

Bei seinem Eintreten hatte sie sich erhoben, und als er dicht vor ihr stand, schienen beide wie gebannt vom Anblick des anderen. Stumm schauten sie einander an, jedes Wort zwischen ihnen schien überflüssig zu sein.

Sie sprachen miteinander in der Sprache der Götter, die Liebe hieß.

Endlich, nachdem Minuten vergangen waren – Minuten oder Ewigkeiten – gelang es Pandia, mit stockender Stimme hervorzubringen:

»Sie sind – gekommen!«

»Haben Sie geglaubt, ich würde es vergessen?« fragte Lord Silvester.

Schweigen.

Schließlich setzte er hinzu:

»Wie ist es nur möglich, daß Sie heute noch millionenmal schöner aussehen als gestern? Es erscheint mir fast unmöglich, daß eine Frau so schön ist wie Sie und dann noch mit ihren Füßen den Boden unserer Erde berührt.«

Pandia lächelte, und in seinen Augen leuchtete es auf.

»Ich kann mir vorstellen, Sie halten mich für überschwenglich und sehr unenglisch.«

»Tatsächlich dachte ich gerade, daß Sie sehr griechisch sind«, erwiderte Pandia.

Sie lächelten einander an, dann reichte Lord Silvester ihr das Päckchen, das er in der Hand gehalten hatte.

»Wie versprochen, habe ich Ihnen mein neues Buch mitgebracht«, sagte er. »Als Zeichen meiner Bewunderung lege ich es Ihnen zu Füßen.«

Sie nahm es und fragte:

»Darf ich es öffnen?«

»Ich wäre enttäuscht, wenn Sie es nicht tun würden.«

Sie ließ sich auf dem Sofa nieder, und er nahm neben ihr Platz.

Er ließ keinen Blick von ihr, während sie die Verschnürung löste.

Pandia nahm das Buch aus dem geschmackvoll bedruckten Papier, in das es eingeschlagen war.

Wie erwartet, kam ein kleines Bändchen zum Vorschein.

Sie sah den Titel »Lichter im Dunkeln« und schaute ihn fragend an.

»Es ist ganz anders als mein letztes Buch«, sagte Lord Silvester, als hätte sie ihm eine Frage gestellt. »Und ebenfalls ganz anders als das, was ich im Augenblick schreibe.«

»Ich nehme an, es geht darin um sehr viel wesentlichere Dinge«, sagte sie. »Oder irre ich mich?«

»Nein, Sie irren sich nicht«, erwiderte er. »Ich hoffe nur, Sie lesen das, was ich da zu Papier gebracht habe.«

»Aber ja, ich freue mich schon darauf.«

»Ich hoffe, Sie sind nicht enttäuscht«, antwortete er. »Ich habe versucht, den Einfluß zu beschreiben, den die großen Menschheitslehrer wie Konfuzius, Buddha, Sokrates, Plato, Aristoteles, Jesus, Mohammed und auch moderne Denker wie Darwin auf ihre Jünger oder Anhänger ausgeübt haben.«

»Oh, das klingt sehr aufregend!«

»Ich wäre enttäuscht gewesen, wenn Sie etwas anderes gesagt hätten. Wie bald werden Sie es lesen können?«

Sie schaute ihn fragend an, und er sagte:

»Natürlich möchte ich Ihre Meinung – auch Ihre Kritik – darüber hören, bevor ich England verlasse.«

Pandia blickte auf das Buch in ihrer Hand.

Verzweifelt überlegte sie, wie sie ihm klarmachen sollte, daß es nach dem heutigen Tag keine Möglichkeit eines Wiedersehens mehr für sie geben würde. Daß sie sich zurückziehen mußte in die Dunkelheit, über die er in seinem Buch sicher sehr eindrucksvoll geschrieben hatte.

Dann, als könnte er die Frage nicht länger zurückhalten, sagte er:

»Haben Sie über mich nachgedacht?«

»Es wäre wohl recht schwierig gewesen, an – etwas anderes zu denken.«

»Wie sehr habe ich das erhofft«, sagte er. »Ständig habe ich Ihr Gesicht vor Augen, und auch wenn Sie nicht bei mir sind, fühle ich deutlich Ihre Nähe.«

Pandia dachte, daß er mit seiner dunklen Stimme genau das in Worte faßte, was auch sie empfand und nicht auszudrücken vermochte.

Sie wußte, wenn er sie nachher verließ, würde sie ihn dennoch in ihrer Nähe wissen. Doch dieses Bewußtsein seiner Gegenwart würde ihr keine Freude bringen, sondern nur Schmerz. Trennungsschmerz. Denn sie würde ihn für immer verloren haben.

»Was ich Sie fragen möchte, ist folgendes«, begann Lord Silvester.

Er machte eine Pause, dann sagte er:

»Schauen Sie mich an. Ich möchte Ihre Augen sehen. Ich möchte, daß Sie mir sagen, was Sie denken!«

Die Eindringlichkeit seiner Worte ließ Pandia erzittern. Sie spürte, daß die Empfindungen, die er in ihr weckte, stärker und stärker wurden, und wieder begann jenes Feuer, von dem Selene gesprochen hatte, in ihr zu flackern.

Erneut hatte sie den Wunsch, er möge sie küssen und sie fürchtete, sich zu verraten, wenn sie ihm in die Augen blickte.

Langsam, das Herz voller Angst, gehorchte sie. Es geschah wie unter einem Zwang, einem Zauber, dem sie sich nicht widersetzen konnte.

Als sie die Augen hob und zu ihm aufschaute, tat sie es wie in Trance.

Und sie sah das Feuer, das auch in ihm brannte, spürte, wie es zu ihr übersprang, wie sie von einer unwiderstehlichen, magisch wirkenden Kraft angezogen wurde.

So sehr sie sich auch dagegen sträubte, eine übermenschliche Macht trieb sie in seine Arme, weil er es so wollte und es genau das war, wonach auch sie sich sehnte.

Doch in dem Augenblick, da sie nachgeben und sich ihm an die Brust werfen wollte, wurde die Tür des Salons aufgestoßen und eine Stimme ertönte:

»Seine Lordschaft ist soeben angekommen, M'lady!«

Bates' Worte brachen in ihr Bewußtsein wie die Laute aus einer anderen Welt, gesprochen in einer fremden Sprache, deren Bedeutung sie nicht kannte.

Pandia stieß einen gequälten Seufzer aus, als ein älterer Gentleman den Raum betrat. Er war ein ungewöhnlich vornehm und distinguiert aussehender Mann mit einem Schnurrbart und fast schlohweißem Haar.

Sekundenlang war Pandia wie versteinert und vermochte sich nicht zu rühren.

Erst als der Ankömmling mit raschen Schritten auf sie zukam, erhob sie sich gleichzeitig mit Lord Silvester vom Sofa.

»Bist du überrascht, mich zu sehen, meine Liebe?« fragte der Earl. »Ich konnte meinen Auftrag schneller erledigen, als vorauszusehen war, und bin deshalb schon heute morgen von Paris abgereist.«

Dicht vor Pandia blieb er stehen, streckte ihr die Arme entgegen und zog sie an sich. Dann küßte er sie auf die Wange.

Ein Instinkt ließ sie reagieren wie eine Marionette, und mit einer Stimme, die nicht die ihre zu sein schien, gelang es Pandia, zu sagen:

»Ja, ich bin wirklich überrascht. Hattest du – eine gute Reise?«

Die Bemerkung kam ihr äußerst banal vor, doch der Earl antwortete:

»Oh, es war halb so schlimm!«

Mit einer schnellen Drehung des Kopfes wandte er sich an Lord Silvester.

»Wie geht es dir, Silvester? Ich wußte gar nicht, daß du im Lande bist.«

»Freut mich, dich zu sehen, Vetter George«, erwiderte Lord Silvester. »Wie du dir denken kannst, bin ich nur auf einen Sprung nach England gekommen.«

»Immer unterwegs, wie? Der Himmel mag wissen, was dich ständig zu diesen fremden Orten zieht! Der arme Doringcourt erzählte mir, als ich ihn das letzte Mal sah, wie sehr er dich auf dem Schloß vermißt.«

Ohne eine Antwort abzuwarten, blickte der Earl auf Pandia und meinte:

»Ich nehme an, du hast Silvester bei der Beerdigung kennengelernt. Ich kann mir vorstellen, daß du das Ganze sehr bedrückend fandest, meine Liebe. Es tut mir leid, daß ich dich bitten mußte, mich dort zu vertreten.«

»Der Schnee machte – die ganze Sache ziemlich – schwierig«, stammelte Pandia.

Doch der Earl hörte nicht zu. Er blickte zur Tür, wo Bates und zwei Diener mit einem Tablett erschienen, auf dem eine Whiskykaraffe und ein Sodasiphon standen.

»Das ist es, was ich jetzt dringend brauche«, rief er erfreut. »Auf dem Kanal herrschte eine ungewöhnliche Kälte, und der Zug war miserabel geheizt. Ich habe mir vorgenommen, dem Direktor der Southern Railway einen Beschwerdebrief zu schreiben.«

Bates goß dem Earl einen Whisky mit Soda ein, und ein weiterer Diener brachte einen Teetisch mit dem üblichen Silbergerät und einer Fülle von Backwerk und Süßigkeiten.

»Auch einen Drink, Silvester?« fragte der Earl seinen Vetter, als wäre ihm dieser plötzlich wieder eingefallen. »Oder ziehst du es vor, dich an dem zu laben, was ich gerne als eine Weibermahlzeit bezeichne?«

»Ich glaube, im Augenblick würde ich tatsächlich einer Tasse Tee den Vorzug geben«, antwortete Lord Silvester. »Danach muß ich mich leider empfehlen.«

Nur mit Mühe unterdrückte Pandia den Schrei, der über ihre Lippen drängte.

Sie erkannte am Ausdruck seiner Augen, wie sehr es Lord Silvester mißfiel, sie mit dem Mann zusammenzusehen, den er für ihren Gatten hielt. Voller Verzweiflung stellte sie fest, daß der Zauber, der sie noch vor wenigen Minuten umfangen hatte, gewichen war.

Das einzig Gute an der Sache ist, daß der Earl keinen Verdacht zu haben scheint, daß ich nicht Selene bin, dachte Pandia.

Der Earl hatte inzwischen auf der anderen Seite des Kamins Platz genommen und erklärte ziemlich aufgeräumt:

»Das Wetter in Paris war bedeutend besser als hier, und was mich angeht, so kann ich ohne Überheblichkeit sagen, daß mein Besuch äußerst erfolgreich war.«

Da Lord Silvester schwieg, erwiderte Pandia:

»Ich bin sehr froh darüber und finde es wundervoll, daß du so schnell wieder zurücksein konntest.«

»Der Premierminister wird über das Erreichte höchst erfreut sein«, erklärte der Earl im Tonfall der Zufriedenheit. »Und nun kann ich ihm sogar noch morgen früh davon berichten, bevor er zum Wochenende auf sein Landgut fährt.«

»Ja – natürlich«, murmelte Pandia.

»Wie geht's denn deinem Bruder?« fragte der Earl seinen Vetter. »Steckt er immer noch in Ägypten?«

Während der letzten Worte des Earl hatte Pandia automatisch eine Tasse Tee für Lord Silvester eingeschüttet. Doch dieser erhob sich, ohne sie anzurühren und ohne auf die Frage des Earl zu antworten.

»Da ich vor meiner Abreise noch vieles zu erledigen habe«, sagte er, »habt ihr sicher nichts dagegen, wenn ich zu meiner nächsten Verabredung eile.«

»Ich freue mich, Silvester, daß du an der Beisetzung teilnehmen konntest«, erwiderte der Earl. »Komm und besuche uns wieder, wenn du das nächste Mal in England bist. Wann wird das sein – in vier oder in zehn Jahren?«

Er lachte, doch Pandia gab die Frage einen Stich ins Herz. Sie hatte das Gefühl, das Ende all dessen, was ihr je im Leben etwas bedeuten würde, wäre gekommen.

Sekundenlang hatte sie das Glück in Händen gehalten. Nun flog es davon wie ein Vogel, und nur wenige Herzschläge würden vergehen, bis es ihren Blicken entschwunden war.

»Du wirst es sicher verstehen«, sagte Lord Silvester, »aber im Ausland spielt die Zeit eine andere Rolle. Ein störrischer Maulesel oder eine Dhau, die ein Leck hat, genügen, um deinen Zeitplan für Monate, ja ein ganzes Jahr über den Haufen zu werfen. Und es gibt nichts, was du dagegen tun kannst.«

»Besser du als ich«, gab der Earl zurück. »Zum Glück sind unsere Züge pünktlich, auch wenn sie nicht immer ordentlich geheizt sind.«

Lord Silvester hielt Pandia die Hand hin.

Als sie sie ergriff, verspürte sie den unwiderstehlichen Drang, ihn festzuhalten, ihn zum Bleiben zu bewegen oder ihn zu bitten, sie mitzunehmen, gleichgültig wohin, wenn er sie nur nicht allein ließ.

Dann wurde sie von seiner Ausstrahlung überwältigt, so stark, daß es sie fast schmerzte. Doch im gleichen Moment gab er ihre Hand frei und wandte sich dem Earl zu.

»Good bye, Vetter George«, sagte er. »Ich vergaß, dir zu sagen, wie sehr Base Anne dich gestern vermißt hat. Sie wird immer zerbrechlicher, und ich glaube nicht, daß sie es noch lange machen wird.«

»Den Eindruck hatte ich schon bei meinem letzten Besuch auf dem Schloß«, erwiderte der Earl. »Aber unsere Sippe ist von äußerst zäher Natur, und ich würde mich nicht wundern, wenn Base Anne genauso alt wird wie ihr Bruder – wenn nicht noch älter.«

Lord Silvester ging zur Tür.

Pandia war wie erstarrt. Sie stand da, reglos, fassungslos, erfüllt von panischer Verzweiflung, und blickte ihm nach.

Als er die Klinke niederdrückte, blickte er noch einmal zurück.

Ihre Augen begegneten einander, und Pandia fühlte, wie sie sich über Abgründe hinweg berührten.

Dann war er gegangen.

»Ein prächtiger Bursche«, versetzte der Earl. »Aber wie so viele junge Leute heutzutage, dauernd unterwegs. Einfach außerstande, irgendwo Fuß zu fassen, zu heiraten und ein normales Leben zu führen.«

»Er schreibt sehr erfolgreiche Bücher«, gelang Pandia die Bemerkung.

»Und wie ich höre, bringen sie ihm eine Menge Geld ein«, entgegnete der Earl. »Obwohl Silvester es gar nicht nötig hat. Aber unter uns: Ich versteh' kein Wort von dem, was er schreibt.«

Er lachte lauthals, bevor er hinzusetzte:

»Es kostet mich meine ganze Zeit, um in der Welt von heute zurechtzukommen. Hab' nicht das geringste Bedürfnis, mich auch noch mit der Vergangenheit rumzuschlagen.«

Pandia antwortete nicht.

Sie schlürfte ihren Tee, als hoffte sie, seine Wärme würde ihr helfen, die Eiseskälte zu bekämpfen, die plötzlich aus ihrem Herzen aufzusteigen begann.

Der Earl leerte seinen Whisky.

»Ich bin in meinem Arbeitszimmer«, sagte er. »Vor dem Dinner habe ich noch eine Reihe Briefe zu schreiben. Danach werde ich dir von Paris erzählen, nicht wahr?«

»Das wird sehr interessant sein«, brachte Pandia über die Lippen.

Der Earl erhob sich aus seinem Sessel, durchquerte den Raum und verließ ihn, ohne sich noch einmal umzublicken.

Erst als die Tür hinter ihm zufiel, wagte Pandia einen tiefen Atemzug.

Ihre Anspannung löste sich ein wenig. Die Furcht, der Earl könnte erkennen, daß sie nicht seine Frau war, hatte sie fast verrückt gemacht.

Dennoch fand sie es äußerst seltsam, daß er sie ohne den geringsten Argwohn akzeptiert zu haben schien.

Sie dachte an Yvette.

Auf der Stelle mußte sie mit Yvette sprechen, um sie zu fragen, was nun zu tun sei.

Sie nahm das Buch, das Lord Silvester auf das Sofa gelegt hatte, und lief zur Tür, als wäre der Teufel hinter ihr her.

Erst in der Halle zwang sie sich mit fast übermenschlicher Anstrengung zu einem langsamen, würdevollen Gang, damit die diensttuenden Diener keinen Verdacht schöpften.

Als sie ihr Zimmer erreichte, stellte sie fest, daß Yvette bereits auf sie wartete.

Sie schloß die Tür hinter sich und mußte dem Impuls widerstehen, den Schlüssel umzudrehen.

»Seine Lordschaft ist zurück!« brachte sie mit aufgeregter Stimme hervor.

»Oui, M'mselle«, erwiderte Yvette. *»C'est incroyable!* Ich kann nicht glauben! Er nicht vermuten, Sie nicht *Madame?*«

»Nein, zumindest hat er sich nichts anmerken lassen«, flüsterte Pandia. »Aber ich habe Angst – große Angst, Yvette. Können wir Ihre Ladyschaft nicht benachrichtigen und ihr sagen lassen, daß sie sofort nach Hause kommen soll?«

»Impossible, M'mselle!« antwortete Yvette. *»Madame* sicher, daß *Milor'* nicht zurückkehren vor morgen. Sie nicht in London.«

»Nicht in London?« rief Pandia. »Soll das heißen, es gibt keine Möglichkeit, ihr eine Nachricht zukommen zu lassen, damit sie noch heute abend nach Hause kommt?«

»Non, M'mselle.«

Yvette sah, wie Pandia erbleichte und vor Angst zu zittern bekann. Rasch sagte sie:

»Keine Sorge, *M'mselle. Milor'* schlafen in eigene Schlafzimmer, und sehr müde nach lange Reise. Paris sehr weit, und *Milor'* nicht mehr junge Mann.«

Pandias Spannung ließ ein wenig nach, wenngleich sie sich immer noch fürchtete.

Es war eine Sache, die Schwester auf einer Beerdigung zu vertreten, aber eine völlig andere, bei deren Mann die Rolle der Ehefrau zu spielen.

Sie machte einige Schritte ins Zimmer, und Yvette sagte:

»Legen Sie sich hin, *M'mselle*. Sie haben bekommen eine Schock. Ruhen Sie bis zum Dinner, dann fühlen wieder besser.«

Weil es das einzige war, was sie tun konnte, ließ Pandia sich von Yvette beim Ablegen des Kleides helfen, das sie für Lord Silvesters Besuch so sorgfältig ausgewählt hatte, und zog das Nachtgewand an.

Sie legte sich ins Bett, und Yvette drehte, nachdem sie aufgeräumt hatte, das Licht herunter und ließ Pandia allein.

»Ich Sie wecken sieben Uhr, *M'mselle*«, sagte die Zofe. »Keine Sorge! Alles gut! *Madame* morgen früh wieder zurück!«

Yvette sprach in einem beruhigenden Tonfall, doch sobald Pandia allein war, spürte sie, wie ihr das Herz vor Angst bis in den Hals schlug.

In der Erinnerung kam ihr der Moment, in dem der Earl den Salon betreten hatte, wie ein Alptraum vor. Ihr war, als hätte sie am Rand eines Abgrundes gestanden und niemand wäre dagewesen, der sie vor dem Sturz in die Tiefe hätte bewahren können.

Natürlich war es dem Earl nicht aufgefallen, daß er anstatt Selene eine Fremde vor sich hatte.

Wie sollte es auch!

Sie waren einander so ähnlich, und er hatte von ihrer, Pandias, Existenz ja nicht die leiseste Ahnung.

Trotzdem wußte Pandia, daß es ihr im umgekehrten Fall nicht so ergangen wäre. Wenn sie einen Ehemann hätte, der sie auf diese Weise mit seinem Zwillingsbruder getäuscht hätte, sie würde es gemerkt haben. Spätestens in dem Augenblick, da sie ihn berührt hätte.

Der Earl war nicht der Mann ihrer Träume, aber worauf es in der augenblicklichen Situation ankam, war, daß sie es fertigbrachte, Selenes Rolle so lange weiter zu spielen, bis die Schwester wieder im Haus war.

Nun, da Pandia den Earl kennengelernt hatte, war es ihr klargeworden, daß er trotz seiner Vornehmheit viel zu alt war, um Selene glücklich zu machen.

Andererseits war er sicher ein Mann, der sich in seinem Stolz tief verletzt fühlen würde, wenn er erfahren sollte, daß seine Ehefrau ihn betrog.

Es war anzunehmen, daß er vor keiner Konsequenz zurückschrecken würde, um seine Ehre zu verteidigen, mochte dies noch so grausam sein.

Pandias angeborene Fähigkeit, einen Menschen richtig zu erkennen, sagte ihr, daß der Earl zu den Männern gehörte, die ihrer Ehefrau eine solche Erniedrigung niemals verziehen.

Ich muß Selene vor einer derartigen Katastrophe bewahren, egal, was mit mir auch geschehen mag, dachte Pandia.

In ihrer Angst betete sie inständig, der Earl möge sie doch weiter für seine Gemahlin halten und nie auf die Idee kommen, sie könnte jemand anderes sein.

Pandia lag da, starrte zur Zimmerdecke hoch und dachte an die trostlose Lage, in der sie sich befand.

Gewiß, sie hatte gewußt, daß sie Lord Silvester nach dem heutigen Nachmittag nie mehr wiedersehen würde. Aber so hatte sie sich den Abschied von ihm nicht vorgestellt – so sang- und klanglos, wie der geliebte Mann von ihr gegangen war.

Alles hatte in einem Mißton geendet. Es war eine Trennung geworden, wie man sie sich nüchterner und abrupter nicht vorstellen konnte.

Das, was ihr als einziges geblieben war und mit dem sie sich ein wenig trösten konnte, war das Buch, das er ihr gebracht hatte.

Sie hatte es neben sich auf die Bettdecke gelegt und wagte es kaum, hineinzuschauen.

Vielleicht wartete eine neue Enttäuschung auf sie, wenn er nicht einmal eine Widmung oder wenigstens einige unverbindliche Worte hineingeschrieben hatte!

Schließlich gab sie sich einen Ruck. Sie nahm das Buch und schlug es auf. Dann las sie:

Erde, Himmel, Berg und Meer
sah'n, wie meine Sinne glühten
auf der Suche nach dem Licht
das so viele zu entdecken
und zu wecken sich bemühten.
Alleine ging ich meinen Weg
Alleine fand ich dann
das Mondlicht,
dessen silberhellen Schleier
mir die Göttin Liebe spann …

Er hatte die Widmung nicht unterschrieben, aber Pandia wußte, daß er diese Zeilen nur für sie verfaßt hatte. Und alle konnten sie lesen, ohne daß ein einziger etwas vermutete.

Sekundenlang hatte Pandia das Gefühl, sie läge in seinen Armen und seine Lippen preßten sich auf die ihren.

Dann, als sie die Seite umblätterte und beginnen wollte zu lesen, verwischten sich die Buchstaben vor ihren Augen. Die aufsteigenden Tränen machten sie blind.

So schnell, wie er darin aufgetaucht war, war er wieder aus ihrem Leben verschwunden. Sie würde ihn nie wiedersehen.

Auch wenn er es versuchen sollte, sie wiederzusehen, indem er noch einen zweiten Besuch machte, wenn der Earl nicht zu Hause war, er würde sie nicht mehr antreffen.

»Ich muß Selene unter allen Umständen davon berichten, daß wir uns auf dem Schloß begegnet sind!« flüsterte sie.

Immer noch rannen die Tränen über ihre Wangen, und jede einzelne von ihnen schien ein Blutstropfen zu sein.

Ihr ganzer Körper sehnte sich unter Qualen, die sie bisher nie gekannt hatte, nach dem Mann, den sie liebte.

Sie stieß das Buch von sich, warf sich herum und vergrub das Gesicht in den Kissen.

»Paris war ganz amüsant«, erzählte der Earl während des Dinners, dessen Köstlichkeiten er offensichtlich zu genießen schien. »Und ich habe mir fest vorgenommen, dich das nächste Mal unbedingt dorthin mitzunehmen. Der Botschafter ist ganz versessen darauf, zu unseren Ehren einmal eine Dinnerparty in der Botschaft zu geben. Und eine Reihe angesehener französischer Politiker haben mir gesagt, wie gerne sie dich kennenlernen möchten.«

Der Earl lächelte, während er sich ein Stück Fasan auflegen ließ. Dann fuhr er fort:

»Der Prinz von Wales macht allerhand Furore in Paris. Nicht nur unter den Adeligen, die er ein wenig langweilig zu finden scheint, sondern auch in der Lebewelt und unter den Schauspielerinnen, die alle wissen wollen, wann er das nächste Mal ihre Aufführungen besucht.«

»Hattest du Zeit, ins Theater oder in die Oper zu gehen?» fragte Pandia.

Angestrengt versuchte sie sich an alles zu erinnern, was sie über Paris wußte.

Tatsächlich fiel ihr die Unterhaltung mit dem Earl leichter, als sie befürchtet hatte, da der Hausherr sich gern reden hörte und sie nur die Rolle der Zuhörerin übernehmen mußte.

»Nein, diesmal nicht«, erwiderte er. »Der Aufenthalt war zu kurz.«

Er begann von den Besuchen in Paris zu erzählen, die er in der Zeit gemacht hatte, als er noch nicht verheiratet gewesen war, und von den Lustbarkeiten und Vergnügungen, zu denen seine Freunde ihn mitgenommen hatten.

Wenn sie nicht so aufgeregt und nervös gewesen wäre, hätte Pandia seine Erzählungen durchaus genossen, denn was sie hier zu hören bekam, stammte aus einer Welt, die völlig fremd für sie war.

Die Geschichten von den berühmten Schauspielerinnen, die der Earl zum besten gab, seine Schilderungen des extravaganten, ausschweifenden und luxuriösen Lebens, das sie führten, stießen bei Pandia auf eine gebannt lauschende Zuhörerin.

»Ich glaube, ich sollte dir dies eigentlich nicht erzählen, meine Liebe«, sagte er, »aber die Männer machen sich wegen solcher Frauen regelrecht zum Narren.«

»Sind diese Frauen sehr schön?« fragte Pandia.

Der Earl kicherte.

»Nicht im Vergleich zu dir. Aber sie besitzen eine bestimmte Art von Anziehung, der besonders die Franzosen nicht widerstehen können - und zweifellos sind sie sehr reizvoll und verführerisch.«

Seine Stimme klang genießerisch, und Pandia fragte sich, ob auch Lord Silvester Frauen dieser Art reizvoll fand.

Sie hatte einmal gelesen, daß vor allem arabische Frauen sehr betörend sein konnten, besonders arabische Tänzerinnen. Sie spürte plötzlich einen messerscharfen Stich in der Brust, und sie wußte, daß dies auf eine heftige Eifersucht zurückzuführen war, die sie bei dem Gedanken erfaßt hatte.

Die Eifersuchtsanwandlung hatte sie abgelenkt, und erst im letzten Moment wurde ihr bewußt, daß der Earl etwas gesagt hatte, worauf er eine Erwiderung erwartete.

Rasch bat sie deshalb:

»Oh, erzähl mir mehr darüber! Ich finde es faszinierend!«

»Das überrascht mich«, bemerkte er.

»Wieso?»

»Für gewöhnlich bist du nicht sehr interessiert an meinen Erzählungen.«

»Das stimmt nicht«, widersprach Pandia tollkühn. »Aber manchmal gibt es eben auch Dinge, die ich dir sagen möchte.«

»Oh, wo du gerade davon sprichst«, entgegnete er. »Du hast mir noch nicht von der Beerdigung berichtet. Ich kann mir natürlich vorstellen, daß alles ziemlich bedrückend für dich war, und ich bin sicher, im Schloß ist es noch zugiger und kälter gewesen als gewöhnlich.«

»Reden wir lieber von erfreulicheren Dingen«, sagte Pandia. »Erzähl mir noch mehr von Paris und von der Gesellschaft, die du gestern abend besucht hast.«

Es war ein riskantes Spiel, das sie da spielte, denn der Earl hatte von einer Party am gestrigen Abend kein Wort erwähnt. Sie bemerkte das Zögern in seiner Stimme, bevor er antwortete:

»Ich weiß nicht, ob ich dir davon berichten soll, aber nach dem Dinner bin ich tatsächlich mit einigen Freunden in der Stadt gewesen.«

»Wohin seid ihr gegangen? Sind diese Vergnügungsstätten, die ihr besucht habt, sehr verschieden von denen in London?«

Weil sie ihn ermuntert hatte und er das Essen und den Wein genoß, wurde der Earl immer gesprächiger.

Wie alle älteren Männer hörte er sich gern reden, und ein dankbares Publikum wirkte auf ihn anregender als einige Glas Wein.

Sie saßen nun schon so lange beim Dinner, daß Pandia sicher war, die Diener würden bereits ungeduldig sein und darauf warten, daß sie sich in den Salon zurückzogen.

Also schlug sie vor, ihn mit seinem Port sich selbst zu überlassen, doch der Earl sagte:

»Nein, bitte bleib, meine Liebe! Es geschieht nicht oft, daß wir einmal allein miteinander sind. Ohne in meinen Terminkalender zu schauen, bin ich davon überzeugt, daß wir für morgen abend wieder etwas vorhaben – eine Gesellschaft bei uns oder eine Einladung irgendwo in der Stadt.«

Da Pandia nicht die kleinste Ahnung hatte, schwieg sie, und er fuhr fort:

»Ich habe schon oft gedacht, daß ich dich eigentlich viel zu wenig sehe, aber ich fürchte, das ist die Strafe des Erfolgs. Deines Erfolgs, weil du so schön und attraktiv bist, und meines, weil immer irgend jemand nach mir ruft. Wenn es nicht der Prinz von Wales ist, dann ist es der Premierminister. Und wenn der es nicht ist, dann sonst jemand aus dem Kabinett.«

»Ich bin sicher, sie alle wissen deinen Rat und deine Hilfe sehr zu schätzen«, vermochte Pandia zu sagen.

»Was den Prinzen betrifft, so braucht er mich für seine Vergnügungen«, erwiderte der Earl. »Und vor allem bin ich ihm bei seinen Finanzproblemen von Nutzen. Habe ich ihm doch in den letzten sechs Monaten eine ganze Reihe von Geldquellen erschlossen.«

Pandia sah ihn fragend an.

»Ich behaupte nicht«, fuhr er fort, »allwissend oder ein Finanzgenie wie Rothschild oder Cassel zu sein, aber wenn es sich um Geldanlagen handelt, kann ich erfreulicherweise mit Recht von mir sagen, in diesen Dingen eine glückliche Hand zu haben.«

Pandia erinnerte sich daran, schon oft gehört zu haben, daß der Prinz stets bis zum Hals in Schulden steckte und daß seine Freunde ihm unablässig aus der Klemme helfen mußten.

Nun war sie überrascht, denn sie hatte nicht erwartet, daß Selenes Ehemann so reich war, daß er eine führende Rolle in der Londoner Finanzwelt spielte.

»Du mußt sehr viel Ahnung in Gelddingen haben, wenn so reiche Männer wie der Prinz und der Premier deinen Rat und deine Hilfe suchen.«

»Ich bin erfreut, daß du dies zu würdigen weißt«, sagte der Earl ein wenig verschnupft. »Übrigens fällt mir bei dieser Gelegenheit ein, daß der Prinz sich bei unserem letzten Besuch auf Marlborough House etwas zu auffallend um dich bemüht hat.«

Er machte eine kurze Pause, dann fuhr er mit schneidender Stimme fort:

»Ich kenne seinen Ruf als Frauenheld, meine Liebe. Laß dir also in aller Deutlichkeit gesagt sein: Sollte ich zu der Überzeugung kommen, daß er sich dir gegenüber zu viel herausnimmt, werde ich dich aufs Land schicken, und du wirst nie wieder nach London zurückkehren.«

Die Schärfe in seinen Worten ließ Pandia unwillkürlich die Luft einziehen, aber sie verlor nicht die Kontrolle über sich. Es gelang ihr, auszurufen:

»Aber wie kannst du nur so etwas denken! Seine Königliche Hoheit ist nicht wirklich an mir interessiert. Schließlich hat er genug Ladys, mit denen er sich amüsieren kann, ohne gleich Probleme mit ihren Männern zu bekommen.«

Wieder redete sie drauflos, ohne wirklich Kenntnis von dem zu haben, worüber sie sprach. Doch offensichtlich traf sie genau das Richtige, denn der Earl antwortete:

»Natürlich, das stimmt. Aber du weißt, ich bin sehr eifersüchtig, was dich betrifft, und ich werde nicht dulden, daß jemand in meinen Wäldern wildert!«

Pandia wußte nun, der Earl würde vor Wut kochen, wenn er auch nur die leiseste Ahnung von dem hätte, was ihre Schwester im Augenblick trieb. Falls er jemals etwas davon erfahren sollte, würde er Selene auf eine Weise bestrafen, an die sie nicht zu denken wagte.

Wenn er sie aufs Land verbannte und ihr jeden Kontakt mit der Londoner Gesellschaft untersagte, für Selene würde es der Untergang sein.

Pandia sagte sich, daß sie die Schwester unbedingt warnen müsse. Die Art und Weise, wie diese sich verhielt, konnte sich als sehr verhängnisvoll herausstellen.

Der Earl schob den Stuhl zurück und erhob sich.

»Wir sollten die Tafel aufheben und den Salon aufsuchen«, sagte er. »Ich nehme an, du bist müde. Wir sollten früh zu Bett gehen – zumal ich morgen einen anstrengenden Tag vor mir habe.«

»Einen – anstrengenden Tag?«

»Ich sagte dir bereits vor meiner Abreise nach Paris, daß ich so schnell wie möglich wieder nach Hause kommen würde, um dem Premierminister noch vor dem Wochenende Bericht erstatten zu können«, erwiderte er. »Und am Nachmittag muß irgendein Empfang stattfinden. Ich weiß allerdings nicht mehr genau, was es ist.«

»O ja, natürlich«, stimmte Pandia zu.

Sie hoffte, er würde nicht nachhaken, und zum Glück wechselte er das Thema, während sie in den Salon hinübergingen.

»Ich nehme an, der Fragonard ist inzwischen vom Reinigen zurück«, sagte er. »Warst du zufrieden? Du hast mir immer gesagt, er sei einer deiner Lieblingsbilder.«

»Oh, er ist wundervoll geworden!« rief Pandia entzückt. »Die Farben kommen nun doch wieder ganz anders zur Geltung!«

Sie hatte keine Idee, welches der Bilder er meinte, und weil sie fürchtete, er könnte noch weitere Fragen stellen, fragte sie:

»Hast du bei deinem Aufenthalt in Paris noch weitere Bilder entdeckt, die du zu kaufen gedenkst?«

Prompt ließ sich der Earl ablenken.

»Diesmal nicht«, antwortete er eifrig. »Aber alle Welt machte sich lustig über eine neue Gruppe von Malern, die ich für noch größere Scharlatane halte als die ursprünglichen Impressionisten. Fürchterliche Schmierfinken, diese Leute! Nicht einmal ein Sixpencestück würde ich für ihre Machwerke ausgeben!«

»In welcher Manier malen sie denn?« erkundigte sich Pandia.

Nun war der Earl bei einem seiner Lieblingsthemen: das Verbrechen, das man »Moderne Kunst« nannte. In seinen Augen die Ausgeburt von Geisteskranken und Rauschgiftsüchtigen.

Pandia brachte ihn geschickt dazu, nach einiger Zeit von den Bildern zu sprechen, die er mochte und die er demnächst in seine große Kunstsammlung aufzunehmen gedachte.

Beruhigt stellte sie fest, daß der Earl nun in seinem Element war und eigentlich nichts mehr schieflaufen konnte.

Als sie einmal verstohlen auf die Kaminuhr schaute, stellte sie fest, daß es kurz vor elf war, und ein Seufzer der Erleichterung entrang sich ihrer Brust.

»Du schlugst vorhin vor, wir sollten früh zu Bett gehen«, sagte sie dann, »aber deine Ausführungen waren so interessant, daß wir beide nicht bemerkt haben, wie spät es mittlerweile geworden ist.«

»Ich nehme an, du brauchst deinen Schönheitsschlaf«, sagte er und lächelte wohlgefällig. »Und ich gestehe, auch ich habe die nötige Bettschwere. Gleichzeitig möchte ich betonen, daß ich den Abend mit dir wirklich genossen habe, meine Liebe – mehr, als viele Abende zuvor.«

Pandia hatte das Gefühl, als wolle er den Arm um ihre Taille legen, und eilte zur Tür.

Sie öffnete sie, während der Earl ihr folgte. Nebeneinander betraten sie die Halle, wo der Nachtdiener eben die Haustür verriegelte.

Langsam gingen sie die Treppe hinauf, da Pandia sich sagte, daß der Earl nach einem so ausgiebigen Dinner nicht den Wunsch zur Eile hatte.

Erst als sie in den Korridor einbogen, in dem ihre Zimmer lagen, schob er seinen Arm unter den ihren und meinte:

»Ich glaube, ich muß mich der Nachlässigkeit zeihen, weil ich dir noch nicht gesagt habe, wie hinreißend du wieder aussiehst. Ich mag dich sehr in diesem Kleid.«

»Das freut mich.«

Er blieb stehen, bevor sie die Tür ihres Schlafzimmers erreicht hatten.

»Soll ich kommen und dir gute Nacht sagen?«

In seiner Stimme war ein leidenschaftlicher Klang, der Pandia erschrecken ließ. Hastig sagte sie:

»Ich ... ich bin sehr müde nach dieser entsetzlichen Rückfahrt über die schneebedeckten Straßen – und obendrein habe ich starke Kopfschmerzen.«

Sie spürte seine Enttäuschung, und als er ihr ins Schlafzimmer folgte, klopfte ihr Herz bis in den Hals, und ihre Lippen waren wie ausgetrocknet.

Zu ihrer Erleichterung war Yvette da, und mit dem Spürsinn der Französin schien sie sofort zu wissen, welche Gefahr Pandia drohte. Sie knickste vor dem Earl und sagte:

»*Bonsoir, Milor'*. Ich bin sehr froh, *Monsieur* gesund zurückkehren. Ich wissen, lange Reise nach *Paris* und sehr unangenehm bei Winter.«

»Trotzdem werden Sie manchmal sicher Heimweh nach Frankreich haben, nicht wahr?« erwiderte der Earl leutselig.

»*C'est vrai, Milor'*. Aber ich glücklich, daß sorgen für *Madame.* Sie finden gestern *très désagréable* in Schnee. *Je suis effayée*, sie sich holen Erkältung.«

»Das hast du mir ja gar nicht gesagt«, wandte sich der Earl sichtlich besorgt an Pandia.

»Es ist kaum der Rede wert«, antwortete sie. »Nur eine etwas trockene Kehle.«

»Ich machen heiße Getränk für *Madame*«, fuhr Yvette fort. »Aber sie hoffentlich nicht anstecken *Milor'* nach so lange, lange Unterhaltung.«

»Das wollen wir wirklich nicht hoffen, Yvette«, sagte der Earl.

Er näherte sich Pandia, legte kurz den Arm um sie und küßte sie flüchtig auf die Wange.

»Gute Nacht, meine Liebe. Schlaf gut!«

Er wandte sich zum Gehen und schloß die Tür hinter sich.

Die beiden Frauen warteten, bis sie hörten, daß er sein Schlafzimmer betrat, dann sagte Pandia:

»Danke, Yvette, Sie haben genau das Richtige gesagt.«

Die Zofe knöpfte ihr das Kleid im Rücken auf, und weil Pandia voller Angst war und niemand anderes hatte, dem sie sich anvertrauen konnte, sagte sie verzweifelt:

»Angenommen ... nur angenommen, Yvette, er kommt zurück, um mir gute Nacht zu sagen, wie er das vorhin vorschlug?«

»Er nicht kommen, *M'mselle*«, versicherte Yvette. »Aber wenn *Milor'* doch reinschauen: wenn Sie schlafen, fest schlafen, *impossible*, nicht möglich, Sie wekken.«

»Und wenn er es doch tut?«

»Dann Sie bitten *Monsieur*, weggehen, weil Sie ihn lieben.«

Yvette breitete in einer ihr typischen Geste die Arme aus und lachte.

»Très stupide! Wir hätten denken sollen vorher. *Madame* immer niesen bei Dinner. *Un peu de poivre*, und auch sein heiser, *M'mselle*.«

»Dazu ist es jetzt zu spät, und ich nehme an, es wäre ein Fehler, die Tür abzuschließen.«

Yvette ließ einen erstickten Entsetzensschrei hören.

»C'est folie, M'mselle, eine Beleidigung. *Milor'* Verdacht schöpfen *immédiatement*. Denken, Sie andere Mann!«

»Er sagte mir eben, daß er sehr eifersüchtig sei«, murmelte Pandia.

»Très eifersüchtig! *Madame* sehr schön. Jede Mann Angst haben vor Diebe, wenn besitzen solche Schatz!«

Pandia wollte lachen. Die Art, wie Yvette sich ausdrückte, war einfach zu lustig.

Doch es fiel ihr ein, daß – soweit es Selene betraf – ein Dieb tatsächlich schon den Schatz des Earl geraubt hatte, obwohl dieser nicht die leiseste Ahnung davon hatte.

Plötzlich erkannte sie, wie schmutzig, gemein und niedrig das alles war. Und sie hatte zu diesem Spiel ihre Zustimmung gegeben!

Wie entsetzt wäre ihre Mutter gewesen, wenn sie gesehen hätte, wie nervös sie, Pandia, in diesem Augenblick war, weil sie befürchtete, Selenes Mann könnte sich ihr in der Absicht nähern, sie zu lieben.

Wie katastrophal und verhängnisvoll würde es dann vor allem für Selene sein, wenn sie, Pandia, dann gezwungen war, ihm die Wahrheit zu gestehen!

»Keine Sorge, *Madame*«, beruhigte Yvette sie. *»Milor' toujours* sehr vorsichtig, daß keine Erkältung. Zu viel Arbeit in Oberhaus!«

»Ich ... ich hoffe, Sie haben recht«, erwiderte Pandia nervös.

Als sie sich niederlegte, wußte sie, daß sie in dieser Nacht keinen Schlaf finden würde. Vor jedem Windgeräusch und jedem Knarren des Fußbodens würde sie zusammenschrecken. Und sollte sich dennoch wider Erwarten die Tür öffnen, würde ihr vor Entsetzen gewiß das Herz stillstehen.

7

Der Morgen graute schon, als Pandia endlich in einen unruhigen Schlaf fiel. Sie erwachte, als Yvette ins Zimmer kam und die Vorhänge zurückzog.

Sie fühlte sich müde und zerschlagen, und erst als ihr einfiel, daß sich der Earl im Haus aufhielt, war sie mit einem Mal hellwach.

Mit Yvette war ein junges Hausmädchen ins Zimmer gekommen, das Feuer im Kamin machte. Ein Luxus, den Pandia schon in der ersten Nacht und auch auf Schloß Doringcourt genossen hatte.

Ihre Mutter hatte immer davon erzählt, daß es in den vornehmen Häusern viele Dienstboten gab und daß die Hausmädchen morgens als erstes in allen Damenzimmern Feuer machten.

Pandia wünschte, ihre Mutter wäre noch am Leben und sie könnte ihr erzählen, daß dies nun auch in ihrem Zimmer geschah und wie angenehm sie dies fand.

Dann fiel ihr ein, daß Selene bald zurück sein mußte, und sie versuchte sich alles ins Gedächtnis zu rufen, was sie der Schwester sagen mußte.

Yvette redete nicht, bis das Hausmädchen das Feuer entzündet und sich zurückgezogen hatte.

Dann sagte sie:

»Sie sicher nicht wünschen Frühstück unten, *M'mselle*. Ich deshalb mitbringen.«

Pandia stieß einen Seufzer der Erleichterung aus.

Die ganze Nacht über hatte sie sich den Kopf über die Frage zerbrochen, worüber sie beim Frühstück mit dem Earl sprechen solle und ob es vielleicht klüger sei, ihm zu erklären, daß ihre Erkältung sich verschlechtert habe.

Schließlich war sie zu der Erkenntnis gelangt, daß Selene vielleicht verärgert wäre, wenn sie ihr einfach eine Erkältung aufhalste.

Yvette ging zur Tür, öffnete sie und nahm dem draußen stehenden Diener das Tablett mit dem Frühstück ab. Dann kam sie damit zum Bett und setzte es auf einem kleinen Beistelltisch ab.

Pandia dachte, daß dies das letzte Mal für sie wäre, auf eine so luxuriöse Weise zu frühstücken.

»Essen, *M'mselle*«, ermahnte Yvette sie. »Nichts besser, wenn Kummer.«

Pandia lächelte. Sie wußte, Yvette hatte recht.

Dann fragte sie mit leiser Stimme:

»Was glauben Sie, wann Ihre Ladyschaft zurückkommt?«

»Früh, *M'mselle*. Großes Luncheon *pour Madame aujourd'hui*.«

Das also hatte der Earl gestern abend gemeint. Pandia war erleichtert.

Sie wußte, sie würde Selene heute zum letzten Mal sehen und der Gedanke schmerzte sie, mit welcher Hartherzigkeit Selene sie abschieben und aus ihrem Bewußtsein streichen konnte – jetzt, da sie überflüssig geworden war.

Pandia hatte ihr Frühstück beendet, und Yvette war

dabei, das Tablett abzuräumen, als die Tür geöffnet wurde und der Earl ins Schlafzimmer trat.

Er sah sehr elegant aus in dem Anzug, den er für die Begegnung mit dem Premierminister angezogen hatte.

Als er sich Pandia näherte, wurde sie sich voller Entsetzen ihres lang auf die Schultern fallenden Haares und des hauchdünnen Nachtgewandes bewußt, mit dem sie im Bett saß.

»Guten Morgen, meine Liebe«, sagte der Earl. »Ich hoffe, du fühlst dich besser!«

»Viel besser, danke«, erwiderte Pandia. »Yvette machte mir ein heißes Getränk, und ich glaube nicht, daß ich eine ernsthafte Erkältung bekommen werde.«

Bei diesen Worten dachte sie, daß sie damit den Weg für Selene frei machte.

Gleichzeitig fragte sie sich beunruhigt, ob sie sich damit vielleicht falsch verhalten hatte.

Als Yvette das Zimmer verlassen hatte, ließ der Earl sich neben ihr auf dem Bett nieder, wie Lord Silvester es zwei Abende zuvor auf Doringcourt getan hatte.

Als Pandia den Ausdruck in den Augen des alternden Mannes bemerkte, erfaßte sie eine jähe Furcht.

»Du bist sehr schön heute morgen«, sagte er. »Ich habe mir gestern gedacht, wir sollten viel mehr Zeit füreinander haben, als dies in den letzten Wochen und Monaten der Fall war. Ich werde heute nachmittag nicht wie geplant den Club aufsuchen, sondern gleich nach Hause kommen. Ich glaube, wir werden ein paar angenehme Stunden miteinander verbringen, meine Liebe, bevor wir zum Dinner ins Foreign Office aufbrechen.«

Was er damit sagen wollte, darüber konnte es wohl keinen Zweifel geben, und obwohl er der Überzeugung war, seine Frau vor sich zu haben, fühlte Pandia, wie ihr das Blut in die Wangen stieg.

»Ich wünschte nur, es würde mir im Augenblick nicht so pressieren«, sagte der Earl mit Verlangen in der Stimme.

Auch in seinen Augen war jetzt deutlich ein Ausdruck der Leidenschaft, und Pandia fühlte, wie sich alles in ihr verkrampfte.

Der Earl ließ ein leises Lachen hören und setzte hinzu:

»Zur Hölle mit dem Premier und allen, die sich immer wieder zwischen einen Mann und seine Frau stellen!«

Er beugte sich vor und würde Pandia auf den Mund geküßt haben, wenn sie sich nicht im letzten Moment zur Seite gedreht hätte, so daß seine Lippen nur ihre Wange berührten.

»Sei vorsichtig«, sagte sie rasch. »Ich könnte dich vielleicht doch anstecken.«

Wieder küßte der Earl ihre Wange, dann erhob er sich und meinte:

»Mach dir deswegen nur keine Sorgen. Ich werde mich jedenfalls beeilen, um so früh wie möglich wieder hierzusein. Gib gut auf dich acht, meine schöne Frau!«

Er ging zur Tür, und als er sich dort noch einmal umwandte und zurückschaute, wußte Pandia, daß er nun endgültig in Flammen stand.

Mit einer, wie es schien, fast gewaltsamen Bewegung riß er sich von ihrem Anblick los, verließ das Zimmer und schloß die Tür hinter sich.

Mit einem Seufzer der Erleichterung ließ sich Pandia in die Kissen zurücksinken.

Wieder einmal hatte sie dicht am Rande eines Abgrunds gestanden und war vor dem Sturz in die Tiefe nur um Haaresbreite bewahrt worden.

Der Gedanke durchzuckte ihr Hirn, daß alles anders hätte ausgehen können, wenn der Earl an diesem Morgen keine Besprechung mit dem Premierminister gehabt hätte. Nur der Tatsache, daß er diese nicht einfach hatte absagen können, verdankte Pandia ihre Rettung.

Sie war also nun in Sicherheit, falls Selene bald zurückkam. Pandias Herz schlug immer noch wild, und immer noch hatte sie eine entsetzliche Angst.

Yvette kehrte ins Schlafzimmer zurück.

»*Milor'* gegangen«, sagte sie. »Ich machen Bad, *M'mselle*. Sie angezogen, bevor *Madame* heimkommen.«

Pandia antwortete nicht.

Sie konnte unmöglich mit Yvette über das sprechen, was der Earl zu ihr gesagt hatte und was er für den Nachmittag plante, mochte Selene der Zofe auch noch so viele Dinge anvertrauen.

Sie wußte, ihre Mutter wäre entsetzt gewesen, wenn sie gewußt hätte, daß Selene ihre Zofe in die intimsten Geheimnisse einweihte und mit ihr nicht nur über den Ehemann, sondern auch über den Liebhaber sprach, den sie hatte.

Intime Dinge sollte man für sich behalten. Das war Pandias Meinung. Und deshalb würde sie mit Selene unter vier Augen darüber sprechen, was in den letzten Stunden geschehen war und was der Earl nach seiner Rückkehr vorhatte.

Pandia lag in den Kissen, sie fühlte, wie ihre Aufregung allmählich abklang. Dann war mit einem Mal der Gedanke an Lord Silvester wieder da.

Wenn ich ihn doch nur noch ein einziges Mal sehen könnte, dachte sie. Es gab in ihr den Wunsch, sich richtig von ihm zu verabschieden und vor allem mit ihm über sein Buch zu reden.

Es lag neben ihr auf dem Nachttisch, aber sie konnte jetzt nicht darin lesen. Es fehlte ihr die Ruhe und innere Ausgeglichenheit dazu, das Gelesene richtig würdigen zu können.

Sobald sie wieder daheim war, würde es nichts mehr geben, was sie aufregte – heute nicht, morgen nicht und an keinem anderen Tag ihres Lebens.

Um dieses Buch zu lesen, würde noch viel Zeit sein – mehr, als ihr lieb war.

Doch daran wollte sie jetzt nicht denken.

Sie war innerlich aufgewühlt genug.

Schon der Gedanke, daß sie nur durch wenige Straßen voneinander getrennt waren und dennoch ein unüberwindlicher Abgrund zwischen ihnen klaffte, schmerzte bis zur Unerträglichkeit. Wenn sie in wenigen Stunden London wieder verließ und nach Hause zurückfuhr, würde schon der halbe Globus zwischen ihnen liegen. Noch endgültiger würden sie voneinander getrennt sein, wenn er in wenigen Tagen das Schiff bestieg, das ihn nach Übersee tragen würde.

Yvette kam und meldete, das Bad sei fertig, und nachdem Pandia das warme, duftende Wasser genossen hatte, zog sie wieder die einfachen Sachen an, die sie bei ihrer Ankunft getragen hatte.

Zuletzt schlüpfte sie in das billige schwarze Kleid, das sie zu Vaters Beerdigung gekauft hatte.

Nachdem sie nun die eleganten Kleider aus Selenes Garderobe kannte, erschien es ihr noch fader und schäbiger als vor der Fahrt nach London.

Yvette frisierte ihr Haar so, wie Selene es trug, für den Fall, daß Pandia doch noch einmal in die Rolle der Schwester schlüpfen mußte.

»Sie das mögen, *M'mselle«*, sagte die Französin. »Und sehen aus *très jolie.* Wenn Sie tragen Kleider von *Madame*, die ich einpacken, *tout le monde* Sie bewundern.«

Pandia lächelte, aber sie hielt es für überflüssig, Yvette zu verraten, das *tout le monde* lediglich aus Nanny und einigen Dorfbewohnern bestehen würde.

Sie zweifelte, ob der Vikar oder der Doktor Notiz von dem nehmen würde, was sie trug. Das einzige Publikum, das sie in den Kleidern der Schwester bewunderte, würde sie selbst sein, wenn sie vor dem Spiegel stand und ihr Abbild für das von Selene hielt.

»Ich finden zwei Reitkleider«, sagte Yvette, »zwei schicke Hüte, ein Paar Handschuhe und ein Paar Stiefel.«

»Das ist wundervoll!« Pandia lächelte. »Ich bin Ihnen sehr dankbar und würde Ihnen gern ein kleines Geschenk machen, Yvette. Ich fürchte, es wird nicht sehr viel sein, denn es mußte alles so schnell gehen, als Madam mich abholte. Sobald ich wieder zu Hause bin, werde ich Ihnen ein wenig Geld schicken.«

»Non, non, M'mselle!« Yvette schüttelte heftig den Kopf. »Sie Geld behalten. Sie arm.«

»Nicht so arm, daß ich mich nicht für all Ihre Freundlichkeit erkenntlich zeigen könnte«, erwiderte Pandia. »Was hätte ich nur ohne Sie gemacht? Ohne Sie wäre ich vor Angst vergangen. Außerdem wird es eine Freude für mich sein, einige so hübsche Kleider zu besitzen.«

Sie nahm zwei Souvereigns, die alles waren, was sie bei sich hatte, aus der Handtasche und steckte sie Yvette zu.

Die Zofe wollte ablehnen, aber Pandia sagte:

»Für Ihre Mitgift, Yvette. Ich werde beten, daß Sie einen netten, gutaussehenden und strebsamen jungen Mann finden, den Sie lieben und der Sie liebt.«

Yvette lachte.

Dann sagte sie:

»*Merci, M'mselle.* Ich beten für Sie *toujours* zu Heilige Judas.«

Pandia dachte, daß der Heilige Judas in ihrem Fall wohl versagen würde, und wiederholte ihr Versprechen:

»Ich gelobe es Ihnen noch einmal, Yvette. Ich werde ganz, ganz inständig für Sie beten, damit Ihr Wunsch in Erfüllung geht.«

Sie sah, daß die Französin gerührt war. Sie wollte diese noch nach dem Inhalt der Koffer fragen, als es an die Tür klopfte.

Yvette warf Pandia einen bedeutungsvollen Blick zu und durchquerte das Zimmer, um zu öffnen.

»Mrs. Henderson ist da und möchte zu Ihrer Ladyschaft«, hörte Pandia den Diener sagen.

»O ja, es ist wegen der Kleider«, rief Yvette enthusiastisch. »Lassen Sie Mrs. Henderson heraufkommen, und schaffen Sie die Koffer nach unten!«

»Sehr wohl, Miß Yvette.«

Yvette wartete an der Tür. Weder sie noch Pandia sprachen ein Wort, bis zwei Minuten später Selene, den schwarzen Schleier vor dem Gesicht, den Raum betrat.

Nachdem Yvette die Tür hinter ihr geschlossen hatte, schlug Selene den Schleier zurück und sagte:

»Ist Seine Lordschaft schon wieder zurück? Ich meine, ich hätte seinen Reiseumhang in der Halle gesehen.«

Bevor Yvette antworten konnte, sagte Pandia, die aufgesprungen war:

»Er war gestern zur Teezeit schon da.«

»Aber welchen Grund, um Himmels willen, hatte er dazu?« fragte Selene.

Während sie sprach, riß sie sich den Witwenhut vom Kopf, und Yvette nahm ihr Pandias Umhang von den Schultern.

Darunter trug Selene ein sehr elegantes Kleid, das die Rundungen ihres Körpers aufreizend hervorhob und ihre Haut strahlend weiß erscheinen ließ.

Selenes Gesichtsausdruck verriet eine deutliche Verärgerung, als sie zu Pandia sagte:

»Wie hätte ich das wissen können? Hoffentlich hat er keinen Verdacht geschöpft.«

»Nein! Du kannst ganz beruhigt sein.«

Obwohl Selene es nicht eingestand, wußte Pandia, daß die Schwester erleichtert war.

Dann befahl Selene mit scharfer Stimme, als müßte sie ihren Ärger an jemandem auslassen:

»Nun komm, Pandia! Beeile dich. Mach, daß du fortkommst! Es gibt keinen Grund, hier noch länger herumzustehen!«

»Ich ... ich habe dir noch so vieles zu – sagen.«

»Dazu ist jetzt nicht die Zeit«, entschied Selene unwillig. »Draußen wartet die Kutsche auf dich. Es ist dieselbe, die dich herbrachte. Aber achte darauf, daß keiner der Männer ein Wort mit Nanny spricht! Sag ihnen, daß sie auf der Stelle nach London zurückzufahren hätten. Übernimm du das, Yvette!«

»Ich Mister Bates sagen«, antwortete Yvette. »Ich sagen: 'Es eilen'!«

Sie brachte den Hut, den Selene abgelegt hatte.

Pandia nahm ihn und wandte sich der Schwester zu.

»Selene, ich muß unbedingt mit dir sprechen, bevor ich aufbreche. Ich muß dir erzählen, wen ich auf der Beerdigung getroffen habe und außerdem solltest du wissen, was – dein Mann zu mir sagte.«

»Was auf der Beerdigung los war, interessiert mich nicht im geringsten – jetzt, wo sie vorbei ist«, erklärte Selene schroff. »Und mit George werde ich schon fertig!«

Pandia setzte an, zu widersprechen, doch Selene entgegnete in einem noch schärferen Ton als vorhin:

»Schluß jetzt mit dem Gerede! Mach, daß du endlich fortkommst, Pandia! Ich begreife nicht, warum du so herumtrödelst, obwohl dir doch klar sein müßte, wie gefährlich es für uns ist, hier noch länger zusammenzusein!«

Sie mußte bemerkt haben, daß sich Pandia von ihrem barschen Ton verletzt fühlte, denn mit veränderter Stimme sagte sie:

»Ich bin dir natürlich dankbar, aber das ist jetzt der schlechteste Zeitpunkt für eine Unterhaltung. Du mußt doch einsehen, daß wir uns gerade jetzt keinen Fehler leisten dürfen. Also: Je schneller du nach Little Barford zurückkehrst, um so besser ist es.«

Sie machte eine Pause, bevor sie fragte:

»Bist du sicher, daß niemand Verdacht geschöpft hat?«

»Ja«, erwiderte Pandia. »Aber ...«

Sie wollte ihr sagen, daß Lord Silvester noch einmal vorbeischauen und von seinem Buch sprechen könne. Doch Selene ließ sie nicht zu Wort kommen.

»Hervorragend! Hervorragend!« sagte sie. »Auf Wiedersehen, Liebes. Sollte ich dich wieder einmal brauchen, bin ich sicher, ich kann mit dir rechnen!«

Sie küßte Pandia flüchtig auf die Wange. Dann rauschte sie davon und verschwand im Badezimmer.

Sekundenlang starrte Pandia hinter ihr her, ungläubig, ratlos.

Als dann Yvette ihr den Umhang auf der Brust zuknöpfte und den Schleier vors Gesicht zog, wußte sie, daß sie entlassen war.

Sie nahm die Handschuhe und die abgenutzte Ledertasche, und Yvette öffnete ihr mit einem bedauernden Achselzucken die Tür zum Korridor.

Erst als Pandia an ihr vorbei auf den Gang hinaustrat, sagte sie leise:

»*Bonne chance, M'mselle*. Ich auch beten für Sie.«

»Danke, Yvette.«

Dann war sie draußen. Sie ging den Korridor entlang und die Treppe hinunter.

Da Mrs. Henderson offensichtlich eine sehr unbedeutende Person war, stand der Butler nicht in der Halle, um sie zur Tür zu begleiten.

Der Diener ließ sie hinaus. Er deutete nur eine leichte Verbeugung an, und kein roter Läufer war ausgerollt.

Pandia stieg in die Kutsche. Jemand hatte die Koffer aufs Dach geladen, und zwei große Hutschachteln lagen auf dem schmalen Sitz im Wageninneren.

Yvette war sehr nett zu ihr gewesen, doch Pandia hätte es vorgezogen, wenn Selene ihr die Sachen mitgegeben hätte.

Pandia spürte ein Gefühl der Traurigkeit.

Aber wie Selene auch zu ihr stehen mochte, sie würde nie aufhören, die Schwester zu lieben und ihr dankbar zu sein. Schließlich hatte Selene ihr zu einer Erfahrung verholfen, die in ihrem Leben vielleicht nie mehr wiederkehren und die sie niemals vergessen würde.

Je weiter die Kutsche London hinter sich ließ, um so größer wurde der Schmerz in ihrem Inneren beim Gedanken an Lord Silvester.

Gewiß, sie war voller Dankbarkeit, ihn kennengelernt zu haben, gleichzeitig jedoch stand es für sie fest, daß sie einem Mann wie ihm nie wieder begegnen würde.

»Ich liebe ihn – und werde nicht aufhören, ihn zu lieben!« flüsterte Pandia, während sie verzweifelt gegen ihre Tränen ankämpfte.

Da es in der Nacht nicht geschneit hatte, waren die Straßen praktisch frei, und die Pferde erreichten Little Barford ohne jede Verzögerung.

Als sie vor dem Haus am Dorfende anhielten, wurde es Pandia warm ums Herz. Sie war wieder daheim.

Ein Abenteuer lag hinter ihr, das sie heil überstanden hatte, aber das war nun endgültig vorbei. Und obwohl ihr Vater nicht mehr da war, gab es doch noch Nanny und all die vielen Dinge, die ihr vertraut waren und ihr ein Gefühl der Geborgenheit vermittelten.

Der Diener öffnete den Wagenschlag, und wie Pandia erwartet hatte, war die Haustür unverschlossen.

Als sie die Halle betrat, kam Nanny aus der Küche.

»Sie sind zurück, Deary!« rief sie. »Ich hab' mir schon solche Sorgen um Sie gemacht. Ich hatte schon die leise Angst, ich würde Sie nicht mehr wiedersehen!«

Pandia küßte Nanny durch den Schleier.

»Ich bin zurück, gesund und wohlbehalten«, sagte

sie. »Aber hast du ein wenig Geld? Ich brauche einen Souvereign für den Kutscher.«

Sie glaubte, Nanny würde widersprechen, weil es ihr zuviel erschien, doch die Gute ging wortlos in die Küche und brachte einige Silbermünzen, die – wie Pandia annahm – sicher der Rest des Haushaltsgeldes waren.

Indessen hatte der Diener die Koffer abgeladen und ins Haus geschafft. Zuletzt brachte er die beiden Hutschachteln.

Pandia dankte ihm und sagte:

»Es tut mir leid, Ihnen keine Tasse Tee anbieten zu können, aber Ihre Ladyschaft bestand darauf, daß sie unverzüglich wieder nach London zurückkehren.«

»Das ist schon in Ordnung, Ma'am.«

Er berührte den Hut mit der Kokarde, wandte sich um und verließ die Halle. Die Tür schloß sich hinter ihm.

Pandia wartete, bis sie das Knarren der Räder hörte, das ihr die Abfahrt der Kutsche signalisierte, dann erst legte sie den Witwenhut ab und war froh, den aufgezwungenen Schleier endlich loszusein.

»Well, Miß Selene war offensichtlich sehr freigebig zu Ihnen«, sagte Nanny mit einem Blick auf die Koffer. »War aber auch Zeit. Was hat sie Ihnen denn mitgegeben?«

»Kleider, nehme ich an«, erwiderte Pandia. »Ich habe sie noch nicht gesehen. Ihre Zofe hat sie eingepackt. Es sind Sachen, die Selene nicht mehr will.«

Nanny schnaufte laut, sagte aber nur:

»'s wird unmöglich für uns beide sein, die schweren Koffer nach oben zu schaffen. Besser, wir packen sie hier unten aus.«

»Ja«, stimmte Pandia zu, »das ist eine gute Idee. Sie sind wirklich zu schwer für uns.«

»Zunächst aber werden Sie etwas essen«, sagte Nanny streng. »Das Luncheon ist fertig. Essen wir beide zusammen, wie wir das immer getan haben, oder sind Sie inzwischen zu vornehm dazu geworden?«

»Natürlich werden wir zusammen essen, Nanny, was denkst du denn! Und ich habe dir ja so vieles zu erzählen.«

Sie folgte Nanny in die Küche, nahm am Tisch Platz und sagte:

»Zuerst muß ich dir von Selenes Haus erzählen, das sehr groß ist und wundervoll eingerichtet - genauso, wie es Mama gefallen hätte, weißt du. Und dann werde ich dir vom Schloß erzählen.«

»Vom Schloß?« fragte Nanny. »Was haben Sie in einem Schloß gemacht?«

In diesem Augenblick fiel es Pandia siedendheiß ein, daß Nanny ja den Grund nicht kannte, weshalb Selene sie nach London geholt hatte.

Aber Nanny war nicht auf den Kopf gefallen. Ihr war bestimmt nicht entgangen, daß Pandia auf der Fahrt Witwentracht getragen hatte. Und sie würde auch längst schon die richtige Erklärung dafür gefunden haben, was der Schleier vor ihrem Gesicht zu bedeuten hatte.

Sicherer und vernünftiger wäre es, wenn sie Nanny die volle Wahrheit sagte: daß sie an Selenes statt an einer Beerdigung teilgenommen hatte.

Doch das durfte sie nicht. Sie hatte der Schwester versprochen, zu schweigen. Zumindest durfte sie Nanny nicht verraten, was der eigentliche Grund für ihren Rollentausch gewesen war.

Also erzählte sie nur, daß die Schwester ihre Zeit nicht auf der Beisetzung eines alten Verwandten habe vergeuden wollen, den sie nie im Leben gesehen hatte. Überdies habe sie schon einige Zeit vorher die Einladung zu einer glanzvollen und aufregenden Party angenommen, die sie so kurzfristig unmöglich absagen konnte. Darum habe sie nur den Ausweg gesehen, Pandia zu bitten, an ihrer Stelle zu der Beerdigung zu gehen.

Während Pandia die Geschichte erzählte, hatte sie den Eindruck, daß Nanny ihr glaubte. Allerdings - ganz sicher war sie nicht.

Nanny kannte sie beide zu gut, und obwohl sie früher einmal ganz vernarrt in Selene gewesen war, hatte sie sich genauso verletzt gefühlt wie Pandia, als diese nach dem Tod der Mutter das Elternhaus ohne Abschied verlassen hatte.

Für Pandia waren die vergangenen beiden Tage immer noch wie ein Märchen. Sie war voll davon, und es tat ihr gut, Nanny das herrliche Schloß und Selenes Haus in London bis ins kleinste Detail zu beschreiben und immer wieder zu erwähnen, wie reich Selenes Ehemann sei.

»Hat er es nicht eigenartig empfunden, Ihnen nicht schon früher begegnet zu sein, Miß Pandia?« fragte Nanny mißtrauisch.

»Ich nehme an, Selene wird eine gute Erklärung gehabt haben, weshalb ich nicht nach London kommen konnte«, antwortete Pandia leichthin.

»Hatten Sie den Eindruck, daß Selene glücklich ist?«

Pandia fürchtete, Nanny könnte anfangen, zu bohren. Hastig sagte sie:

»Der Earl betet sie an. Aber nun laß uns einen Blick in die Koffer tun. Ich muß gestehen, daß ich schrecklich neugierig bin.«

Am nächsten Tag kam es Pandia so vor, als würden sie und Nanny die ganze Zeit nur mit Auspacken verbringen.

Nie hätte sie sich träumen lassen, einmal solch wunderbare Dinge zu besitzen, wie Yvette sie ihr mitgegeben hatte.

Da gab es nicht nur Kleider, die sich Pandia schon immer gewünscht hatte und die so prächtig waren, daß sie nicht verstehen konnte, weshalb Selene sie nicht mehr anzog. Da gab es vor allem Kleider jeder Art, eingeschlossen eine große Anzahl von Sommerkleidern, die Selene nur ausrangiert haben konnte, damit sie im nächsten Jahr Platz für neue hätte.

Nanny bestand darauf, die Sommerkleider in den Koffern zu lassen.

»Wohin wollen Sie die Sachen alle hängen, Miß Pandia?« sagte sie entsetzt. »Sie werden nicht leiden, so wie sie zusammengelegt und sorgfältig mit Seidenpapier ausgefüllt wurden.«

Pandia sah Nannys Argument ein, obwohl sie schrecklich gern einen gründlichen Blick auf die vielen schönen Sachen geworfen hätte.

Aber der Kleiderschrank in ihrem Zimmer hatte nicht genügend Platz, und mit den Schränken im Zimmer der Mutter war es ebenso.

Außerdem hatten sie eine kleine Schlafkammer unter dem Dach schon in einen Aufbewahrungsraum für die neue Garderobe verwandelt. Dort lagen die Kleider auf dem Bett, oder sie hingen an Bilderhaken an den Wänden.

Die Abendkleider waren hinreißend, doch während Pandia eins nach dem anderen aus dem Koffer holte, sagte sie:

»Ich frage mich, was die Dorfbewohner sagen würden, wenn sie mich darin einmal zu sehen bekämen!«

»Sie würden Sie für verrückt erklären«, erwiderte Nanny scharf. »Und der Vikar würde zweifellos glauben, Sie wären ein liederliches Frauenzimmer!«

Sie lachten beide, weil sie wußten, daß der Vikar, der Junggeselle war, sich stets sehr abweisend gegenüber weiblichen Kirchengängerinnen verhielt, die – wie Nanny es ausdrückte – ein Auge auf ihn geworfen hatten und sich sehr auffallend für ihn herausputzten.

Die Hutschachteln enthielten nicht nur einen Zylinder und einen Bowler, die zu den beiden Reitkleidern gehörten, sondern auch noch eine ganze Reihe sehr hübscher anderer Hüte.

Es gab zum Beispiel mehrere mit Federn versehene Hüte, die man auf Reisen trug und die zu Mänteln oder Capes mit pelzbesetzten Kragen paßten.

Was Pandia vor allem entzückte, war, daß Yvette einige Stücke dieser bezaubernden Unterwäsche dazugelegt hatte, die sie unter Selenes Kleid getragen hatte.

Und da waren Nachtgewänder, so hauchzart und durchscheinend, daß Nanny höhnisch hervorstieß, daß man sich in ihnen ja den Tod holen müsse, dünn und kühl, wie sie seien.

Und als die Gute dann noch die spitzenbesetzten Hemdchen und Unterröcke sah, die aussahen, als hätte man sie nie getragen, meinte sie verächtlich:

»Extravagant, muß ich sagen! Sehr extravagant von Miß Selene! Weshalb will sie sich von diesen Sachen trennen, obwohl sie sie höchstens ein- oder zweimal getragen haben kann?«

»Ich nehme an, sie ist ihrer überdrüssig geworden«, erwiderte Pandia. »Und was mich betrifft, bin ich dankbar, sie zu haben, Nanny.«

»Wie ich schon sagte«, erklärte Nanny mürrisch und so, als müßte sie unbedingt das letzte Wort haben, »besser spät, als gar nicht. Und hoffen wir, der Sinneswandel von Miß Selene hält an und es ist nicht das letzte Mal, daß sie ihrer Schwester etwas von ihrem Überfluß zukommen läßt.«

Sie lud sich einen Armvoll seidene und spitzenbesetzte Unterhemden auf und stieg brummend und knurrend die Treppe hinauf.

Pandia aber saß lächelnd in der Halle auf dem Fußboden und dachte, welch ein Segen es wäre, daß sie nun für eine lange Zeit keine Kleider mehr zu kaufen brauchte.

Am nächsten Tag, einem Sonntag, ging sie zur Kirche, und während des ganzen Gottesdienstes hatte sie das Gefühl, Lord Silvester säße neben ihr. Sie spürte seine Ausstrahlung, wie zwei Tage zuvor, als er während des Trauergottesdienstes neben ihr gesessen hatte.

Weil sie ihn liebte, betete sie für ihn, flehte den Himmel an, ihn auf seiner Reise nach Marokko zu beschützen und dafür zu sorgen, daß er ab und zu einmal an sie dachte, so wie sie unablässig an ihn denken mußte.

Ihre einzige Freude war die Lektüre seines Buches.

Wie erwartet, war es faszinierend. Jedes Wort besaß eine besondere Bedeutung für sie, bereicherte ihren

Geist und erweiterte ihren Horizont – so wie es auch seine früheren Bücher schon getan hatten.

Schließlich sagte sie sich, daß es Zeit sei, wieder an ihre Arbeit zurückzukehren und das Buch ihres Vaters zu beenden. Sie konnte ihr Leben nicht nur damit zubringen, an Lord Silvester zu denken.

Sie erinnerte sich daran, wieviel sie ihrem Vater schuldete und wie sehr er es gewünscht hätte, daß sein Buch vollendet und veröffentlicht würde – obwohl es nur wenige Leute gab, die daran interessiert waren.

An einem Morgen, nach dem Frühstück, sagte sie zu Nanny:

»Ich werde an Papas Buch weiterarbeiten.«

»Das wäre gut, Miß Pandia«, sagte Nanny. »Und es wäre gut, wenn Sie bald damit fertig würden. Wir könnten das Geld, das es einbringt, sehr gut gebrauchen.«

»Ja, aber das ist nicht das wichtigste«, entgegnete Pandia. »Ich könnte den Gedanken nicht ertragen, daß auch nur ein einziges Wort, das Papa schrieb, umsonst geschrieben wäre. Er hätte sich schon damit zufrieden gegeben, wenn er durch seine Arbeit auch nur einem Menschen geholfen hätte, die Dinge besser zu verstehen, die ihm so viel bedeuteten.«

»Well, ich gehe jetzt einkaufen«, erklärte Nanny in ihrer praktischen Art. »Sonst haben wir heute mittag nichts zu essen. Und wenn Sie arbeiten, werden Sie hungrig sein – jedenfalls sollten Sie das zumindest!«

Pandia fand Essen mühsam, seitdem sie wieder zu Hause war. Doch nicht, wie Nanny ihr heimlich vorwarf, weil ihr das Essen nicht mehr gut genug war, sondern weil sie keinen Appetit hatte.

Außerdem war das schmerzende Gefühl in ihrer Brust immer stärker geworden.

Dieser Schmerz machte es ihr unmöglich, an etwas anderes zu denken, als an ein markantes Männergesicht und zwei funkelnde Augen, die sie Tag und Nacht zu verfolgen schienen.

Pandia ging ins Arbeitszimmer ihres Vaters und setzte sich an den Schreibtisch. Sie zwang sich, an den Vater zu denken und nicht mehr an den Mann, der versprochen hatte, ihr bei der Übersetzungsarbeit zu helfen.

Es gelang ihr nicht. Noch nie war es ihr so schwergefallen, sich zu konzentrieren. Und nach zwei Stunden quälender Anstrengung dachte sie verzweifelt, daß sie kaum vorangekommen war.

Selbst die einfachsten Worte konnte sie nicht finden oder mit dem Einfühlungsvermögen übersetzen, wie ihr Vater sie das gelehrt hatte.

»Wie ist es nur möglich, daß ich mich so dumm anstelle?« fragte sie sich.

Sie hörte Schritte in der Halle und wußte, daß Nanny aus dem Dorf zurück war.

Ein Gefühl der Scham überkam sie, weil sie den Morgen so nutzlos vertan und nichts Vernünftiges vorzuweisen hatte.

Hinter ihr wurde die Tür des Studierzimmers geöffnet, aber sie schaute sich nicht um, sondern sagte nur:

»Ich schäme mich, Nanny. Ich habe überhaupt nichts zustande gebracht. Meinetwegen brauchst du nicht zu kochen, weil ich einfach kein Mittagessen verdient habe.«

»Das höre ich aber nicht gerne!« erwiderte eine Stimme hinter ihr.

Sekundenlang glaubte Pandia, zu träumen, dann sprang sie auf die Füße.

In der Tür stand Lord Silvester, und in dem kleinen Zimmer wirkte er noch größer, noch beeindruckender, noch anziehender als zuvor.

Einen Herzschlag lang vermochte sie ihn nur anzuschauen.

Dann sah sie das Lächeln in seinen Augen und den Ausdruck, als wäre er über etwas sehr glücklich. Jetzt erst gelang es ihr, ihn mit einer Stimme, die nicht die ihre zu sein schien, zu fragen:

»Wieso – sind Sie ... sind Sie hier?«

»Weil ich Sie endlich gefunden habe«, sagte er. »Obwohl man mir erklärte, daß ich Sie hier antreffen würde, hatte ich eine entsetzliche Angst, es könnte nicht wahr sein.«

»Aber ... aber – Sie sollten mich nicht finden!« stammelte Pandia. »Sie sollten nicht hierherkommen, außer ...«

Sie machte eine Pause, und als er schwieg, fuhr sie fort:

»Ich kann nicht glauben, daß Selene ...«

Wieder verstummte sie. Er war auf sie zugekommen, und was sie hatte sagen wollen, erstarb auf ihren Lippen.

Seine Nähe war so überwältigend, daß ihr das Blut aus dem Kopf wich und ein Taumel sie erfaßte.

Sie konnte ihn nur noch anschauen. Ihre Augen schienen das kleine Gesicht auszufüllen, und ihr Herz schlug so laut, daß sie glaubte, er müßte es hören. Sie war nicht sicher, ob sie sich bewegt oder er sie in die Arme genommen hatte.

Alles, was sie wußte, war, sie war bei ihm, spürte seine Nähe. Und er küßte sie, wild, fordernd, voller Leidenschaft, und die Welt um sie her stand still.

Er küßte sie, bis sie das Gefühl hatte, er würde sie – wie schon einmal – zum Gipfel des Olymp emportragen, und sie gehörten nicht länger mehr zu den Irdischen, sondern zu den Göttern.

Er küßte sie, bis das Feuer seiner Lippen auf sie übersprang, ihr Inneres in Brand steckte und sie zu verzehren schien.

Erst als Pandia glaubte, das Glück und die Ekstase, die sie ergriffen hatten, nicht mehr ertragen zu können, hob Lord Silvester den Kopf.

»Wie konntest du mich verlassen?« fragte er mit heiserer Stimme. »Wie konntest du etwas so Verwerfliches tun und mich auf diese absurde Weise zu täuschen versuchen?«

Bevor sie noch antworten konnte, küßte er sie erneut. Küßte sie, bis sie sich ihm willenlos überließ und glaubte, mit ihm zu einem einzigen Wesen zu verschmelzen.

Es mochte eine Ewigkeit oder nur eine Stunde vergangen sein, als Pandia sich neben Lord Silvester auf dem Sofa vor dem Kamin wiederfand. Er hatte die Arme um sie geschlungen und hielt sie fest an sich gedrückt.

»Du mußt mir erzählen, wie du mich gefunden hast.«

Ihre Stimme klang schwach vor Glück.

»Du hast mich fast in den Wahnsinn getrieben«, erwiderte Lord Silvester. »Als ich dich in Linbourne House in der Gesellschaft des Mannes zurückließ, den ich für deinen Ehemann hielt, glaubte ich, alles, was mir je im Leben etwas bedeutet hatte, verloren zu haben.«

Pandia hatte das gleiche nach seinem Weggang empfunden. Sie stieß einen leisen Seufzer aus und schmiegte ihre Wange fest an seine Schulter.

»Wie konntest du nur so etwas tun?« fragte er vorwurfsvoll. »Wie konntest du nur so unüberlegt handeln und in die Rolle deiner Schwester schlüpfen? Ich glaube ja, daß kaum ein Mensch imstande ist, euch beide zu unterscheiden, aber ...«

»Wie hast du – es gemerkt?« unterbrach Pandia ihn.

Seine Arme verstärkten ihren Druck, bevor er antwortete:

»Ich wußte, daß du unberührt warst. Ich wußte es, als ich dich küßte. Mir war sofort klar, daß dich nie zuvor ein Mann geküßt hatte.«

Dann, als brauchte er dringend die Bestätigung dieser Tatsache durch sie, fragte er, während seine Blicke sie zu durchbohren schienen:

»Das stimmt doch?«

Pandia nickte.

»Niemand hat mich bisher geküßt – außer dir.«

Er stieß einen Laut aus, der wie ein befreites Aufatmen klang, dann sagte er:

»Ich wußte es. Ich wußte, daß es keinen Irrtum gab. Gleichzeitig jedoch durchlitt ich Höllenqualen, als ich dich mit deinem vermeintlichen Ehemann zurückließ. Ich konnte ja schließlich nicht ahnen, daß die Komteß von Linbourne eine Zwillingsschwester hatte. Aber daß hier etwas nicht stimmte, daran gab es keinen Zweifel für mich.«

»Und wieso nicht?»

Er lachte leise.

»Du weißt so gut wie ich, daß ein jeder von uns des anderen Gedanken zu lesen vermag. Als der Earl so unerwartet den Salon betrat, sah ich nicht nur den Ausdruck deiner Augen, sondern ich spürte auch deine Fassungslosigkeit. Es war nicht die Fassungslosigkeit einer Frau, die der eigene Mann allein mit ihrem Liebhaber überrascht.«

Sekundenlang schwieg Lord Silvester. Dann, als könnte er die Frage nicht länger zurückhalten, sagte er:

»Was geschah in jener Nacht?«

»Nicht das – was du vermutest«, sagte sie stockend.

Er preßte sie an sich, daß sie kaum zu atmen vermochte. Dann sagte er:

»Ich glaube, jeder Mann erlebt einmal in seinem Leben die Todesqualen Jesu im Garten Gethsemane, aber ich möchte eine solche Marter nicht noch einmal erleiden. Ich schwöre dir, solltest du mich nach unserer Hochzeit auch nur ein einziges Mal einer solchen Eifersucht aussetzen wie am Donnerstagabend, ich werde dich umbringen!«

»Nach unserer – Hochzeit?« stammelte Pandia.

»Nach dem Lunch werden wir heiraten«, antwortete Lord Silvester. »Ich habe eine Sonderlizenz, und außerdem habe ich einen Blick in eure Kirche geworfen, nachdem ich im Dorf angekommen bin.«

»Was ... was sagst du da?«

Für Pandia hatte sich der Himmel geöffnet. Das armselige Studierzimmer ihres Vaters war eingetaucht in ein Meer von Licht, und Engelchöre erfüllten das All.

Dann verkrampfte sich plötzlich das Herz in ihrer Brust. Der Traum zerstob, und die Wirklichkeit hatte sie wieder.

Mit tonloser Stimme sagte sie:

»Du weißt doch, daß ... daß ich dich nicht heiraten kann!«

»Und weshalb nicht?«

»Weil Selene allen erzählt hat, ich sei tot!«

»Genau das habe ich mir gedacht«, entgegnete Lord Silvester. »Aber das stimmt ja offensichtlich nicht. Jedenfalls bist du – was mich betrifft – noch sehr lebendig, und ich bin fest entschlossen, dich zu meiner Frau zu machen, mein Liebstes!«

»Aber – das kannst du nicht!«

Sie verstummte abrupt, dann sagte sie:

»Erzähl mir deine Geschichte zu Ende. Wie hast du alles über mich herausgefunden? Ich ... ich muß es wissen!«

»Wie geplant«, begann Lord Silvester, »verbrachte ich den Freitagmorgen bei meinem Verleger und signierte einige meiner Bücher.«

Er machte eine Pause und fuhr dann fort:

»Dann fiel mir ein, daß ich dem Außenminister versprochen hatte, an seiner Dinnergesellschaft teilzunehmen. Gleich nach meiner Ankunft in London traf ich nämlich mit ihm zusammen, und er ließ nicht locker, bis ich ihm versprach, an diesem Freitagabend sein Gast zu sein.«

Pandias Haltung versteifte sich.

»Und Selene war da!«

»Ja«, antwortete er. »Im gleichen Augenblick, da ich sie sah, wußte ich, daß nicht du es warst.«

»Wie konntest du das wissen? Wir sind uns doch zum Verwechseln ähnlich.«

»Für mich nicht.«

Pandia sah ihn fragend an.

»Der Ausdruck in den Augen deiner Schwester hatte genügt, mir zu verraten, daß du es auf keinen Fall sein konntest. Aber ich spürte es auch, als sie mir die Hand gab. Da fehlte etwas! Etwas ganz Entscheidendes!«

»Meine Ausstrahlung?«

»Ja«, bestätigte Lord Silvester. »Ich spürte sie schon, als du neben mir in der Kirche knietest.«

»Mir erging es ebenso.«

»Als ich die Hand deiner Schwester berührte und ihr in die Augen blickte, stand es für mich fest, daß sie deine Zwillingsschwester war.«

»Es ist erstaunlich. Aber du hast ihr das doch nicht - gesagt?«

»Nein, natürlich nicht«, gab er zur Antwort. »Ich machte nur ein paar Bemerkungen, in denen ich mich vorsichtig auf die Gespräche bezog, die wir auf dem Schloß geführt hatten. Und als ich feststellte, daß sie nicht die leiseste Ahnung davon hatte, war ich ganz sicher, das Geheimnis zu kennen, das du mir verschwiegen hattest.«

»Und was hast du dann unternommen?«

»Danach war alles ganz einfach.«

»Wieso?«

»Zunächst suchte ich am folgenden Morgen den Verleger deines Vaters auf. Allerdings nur, um zu erfahren, daß er samstags nicht arbeitet. Blieb mir nichts anderes übrig, als ihn in seinem Wochenendhaus außerhalb von London aufzuspüren.«

Er lächelte, als er fortfuhr:

»Doch vorher holte ich mir eine Sonderlizenz vom Erzbischof von Canterbury, den ich ebenfalls auf der Gesellschaft des Außenministers kennenlernte. Es war die Erlaubnis, eine gewisse Pandia Hunyadi zu ehelichen.«

»Warst du denn so sicher, daß es mich überhaupt gab?«

»Absolut sicher. Ich blickte in das letzte Buch deines

Vaters und fand darin die Worte: 'Meiner Tochter Pandia gewidmet.' Der Verleger deines Vaters bestätigte mir, was ich bereits wußte, und er verhalf mir zu dem, was mir noch fehlte: deine Adresse.«

»Bewundernswert, mit welchem Scharfsinn du vorgegangen bist.«

»Was heißt Scharfsinn! Es war nicht schwieriger und nervenaufreibender als die Suche nach einem Manuskript, das mehrere tausend Jahre verschollen war.«

Bevor Pandia etwas erwidern konnte, küßte er sie, und als er wieder imstande war, zu sprechen, sagte er:

»Nun kann ich dir helfen, das letzte Buch deines Vaters fertigzustellen, und ich habe seinem Verleger bereits erklärt, daß ich das Vorwort dazu schreiben werde und daß ich von ihm die gleichen Vertragsbedingungen verlange, wie mein Verleger sie mir gewährt.«

»Willst du das wirklich tun?« rief Pandia. »Du bist so wundervoll – so lieb! Es ist mein innigster Wunsch, daß Papas Buch ein Erfolg wird.«

»Das wird es bestimmt!« versprach Lord Silvester. »Dafür werden wir sorgen. Bis dahin wirst du mir bei meinem Buch helfen, und das heißt, daß wir Ende der Woche nach Marokko aufbrechen.«

»Willst du damit sagen, daß ich ... daß ich mitkommen soll?«

»Ich werde ganz gewiß nicht ohne meine Frau reisen!«

»Und wir werden heute nachmittag – heiraten?«

Als Pandia diese Worte aussprach, hatte sie das Gefühl, daß dies unmöglich stimmen könnte. Sie träumte nur. Und in ihrem Traum hatte er von Heirat gesprochen.

»Ja, wir werden heiraten«, erklärte Lord Silvester

mit Entschiedenheit. »Und ich rechne fest damit, daß du so gastfreundlich bist und mich bittest, die Nacht mit dir in diesem wunderschönen kleinen Haus zu verbringen.«

»Du willst hier...«

Ihre Stimme brach ab. Glücklich und ungläubig zugleich schaute sie ihn an.

»Warum nicht?« fragte er. »Ich besitze zwar auch ein Haus, von dem ich dir noch erzählen werde, aber im Augenblick ist der Weg dorthin zu weit für uns, da wir vor unserer Abreise noch vieles in London zu erledigen haben.«

Pandia stieß einen leisen Schrei aus.

»Mein Gott, nicht so schnell! Du vergißt, daß ich mich in London nicht blicken lassen und daß ich dich auch nicht heiraten kann – wegen Selene.«

Lord Silvester legte die freie Hand unter ihr Kinn und zwang sie, ihn anzuschauen.

»Nun hör mir zu, Liebling«, sagte er. »Ich bin kein Narr, und ich sehe, wie du hier lebst. Vom Verleger deines Vaters habe ich erfahren, wie arm du bist. Ich weiß also sehr wohl, was deine Schwester gemacht hat.«

Er machte eine Pause, bevor er mit ernster Stimme fortfuhr:

»Ich habe mich auf der Dinnerparty lange mit dem Earl unterhalten, und er erzählte mir, wie deine Schwester nach dem Tod ihrer Eltern allein und mittellos zu ihren Großeltern kam, um dort zu bleiben.«

Seine Stimme nahm einen sarkastischen Ton an, als er hinzufügte:

»Sie konnten sie ja nicht einfach verhungern lassen, die arme geschwisterlose Vollwaise, obwohl deren Mutter sie bitter enttäuscht hatte, als sie gegen ihren

Willen mit einem ungarischen Hauslehrer einfach das elterliche Haus verließ, um ihn zu heiraten.«

Seine Worte machten Pandia verlegen, und sie versuchte, ihr Gesicht aus seinem Griff zu befreien und wegzublicken. Aber er ließ es nicht zu.

»Wenn deine Schwester es fertigbrachte, dich für tot zu erklären, dann wird sie auch imstande sein, eine Geschichte zu erfinden, um dich von den Toten wieder auferstehen zu lassen, nicht wahr?«

»Aber wie soll sie das anstellen?« fragte Pandia entsetzt.

»Wenn sie keine Erklärung findet, werde ich mir eine einfallen lassen. Man hat dich für tot in der Wüste zurückgelassen. Jahrelang hast du als Gefangene unter Beduinen gelebt, und ich habe dich aus ihrer Gewalt befreit. Oder ich werde erzählen, du seist wie Romulus und Remus von einer Wölfin gesäugt und aufgezogen worden.«

Er blinzelte verschwörerisch und lächelte jungenhaft, doch Pandia errötete bis unter die Haarwurzeln.

Er begriff, was in ihr vorging, und ließ sie los.

Sie vergrub das Gesicht an seiner Schulter, und er sagte beruhigend:

»Aber da ich auf keinen Fall will, daß du dich aufregst, werden wir zunächst die Flitterwochen hinter uns bringen und nach Marokko reisen. Nach unserer Rückkehr kannst du dann, falls es dir Spaß macht, die Londoner Gesellschaft genauso in Erstaunen versetzen wie deine Schwester.«

»Daran liegt mir nicht viel«, antwortete Pandia rasch. »Ich möchte nur eins: bei dir sein für immer!«

»Das ist es, was auch ich möchte«, sagte er. »Und deshalb werden wir nach unserer Rückkehr in das

Haus ziehen, das ich eben erst nach dem Willen meines Patenonkels geerbt habe – obwohl ich nie damit gerechnet hätte.«

»Er hat dir ein Haus hinterlassen?«

»Ein Haus und ein Landgut in Devonshire«, antwortete Lord Silvester. »Vor langer Zeit war ich einmal dort. Es ist ein schöner Platz, und er liegt direkt am Meer. Ich glaube, wir werden feststellen, daß es der ideale Ort ist, um das Buch deines Vaters fertigzustellen – und natürlich auch mein eigenes, bevor wir uns in neue Abenteuer stürzen!«

»Werden wir das?«

»Ja, falls du einverstanden bist – was ich sehr hoffe.«

»Aber ja bin ich einverstanden«, rief Pandia überschwenglich. »Das heißt, ich wäre es. Doch es wird etwas sein, das niemals Wirklichkeit werden kann.«

»Wieso nicht?«

»Ich werde ...«

»Nichts wirst du, ausgenommen, mich heiraten. Und ich habe nicht die Absicht, meine Frau vor der Welt zu verstecken, damit niemand sie zu Gesicht bekommt.«

Seine Lippen verzogen sich zu einem leicht ironischen Lächeln, als er fortfuhr:

»Wir werden das Gesicht deiner Schwester wahren und auch dafür sorgen, daß ihre Ehe heil bleibt. Und deshalb werden wir uns eine Geschichte einfallen lassen, die Hand und Fuß hat. Aber deine Schwester kann auf keinen Fall von uns erwarten, daß wir ihretwegen auf unser Eheglück verzichten. Außerdem, mein Liebling, werde ich sehr stolz darauf sein, die schönste Göttin als Frau zu haben, die je vom Olymp auf die Erde hinabgestiegen ist.«

Er zog sie ein wenig fester an sich und setzte hinzu:

»Wir werden das Leben der Götter führen. Wir beide wissen, daß es ein Leben der Vollkommenheit ist, ein Leben, nach dem alle auf der Suche sind und das einige wenige Auserwählte zu finden vermögen.«

Wieder küßte er sie, diesmal leidenschaftlich und voller Verlangen.

Und als sie beide nach diesem langen Kuß einander anblickten, sagte er:

»Gott allein weiß, wie sehr ich dich liebe. Und ich bin nicht gewillt, auch nur eine Minute länger als nötig damit zu warten, dich zu meiner Frau zu machen.«

Er erhob sich und sagte:

»Ich werde nun den Vikar aufsuchen und alles Nötige mit ihm für die Trauung heute nachmittag besprechen. Heute nachmittag halb drei! Merk es dir gut! Ich glaube, es ist genau die Zeit, die in einer protestantischen Kirche für Eheschließungen vorgesehen ist.«

Vielleicht fand Pandia die Art, wie er sprach, ein wenig befremdend. Jedenfalls hatte sie das Bedürfnis, ihn zu fragen:

»Würdest du lieber nach einem anderen Ritus getraut werden?«

»Für mich spielt die Konfession keine Rolle«, erwiderte er. »Hauptsache, die Trauung macht dich zu meiner rechtmäßigen Ehefrau. Was wirklich zählt, ist nur eins: daß wir zusammen sind, wie wir es immer schon waren und immer sein werden.«

In seiner Stimme war ein feierlicher Klang, und Pandia wußte, daß jedes Wort aus seinem Herzen kam.

Sie streckte die Arme nach ihm aus und zog mit einer heftigen Bewegung sein Gesicht zu sich herab.

»Ich liebe dich«, murmelte sie. »Ich liebe dich so

sehr, daß ich ein ganzes langes Leben dazu brauchen werde, um dir zu sagen, wie sehr.«

Er preßte sie an sich, spürte die Wärme und Geschmeidigkeit ihres jungen Körpers. Und wieder begann die Leidenschaft in seinem Inneren zu lodern. Aber mühsam zwang er sich zur Ruhe und sagte:

»Geh, zieh dir etwas Hübsches an, das du zu unserer Hochzeit tragen möchtest, mein wunderschöner Liebling! Aber was immer es sein wird, für mich wirst du aussehen wie Persephone, nachdem ich in den Hades hinunter mußte, auf der Suche nach dir.«

Pandia lachte, während sie die Tür des Studierzimmers öffnete und in die Halle trat.

Lord Silvester zog den pelzgefütterten Mantel an, der über einem Stuhl gelegen hatte, und setzte den Hut auf.

Pandia drehte sich um und blickte zu ihm auf.

»Versprich, daß du nicht wieder entschwindest, während ich beim Vikar bin«, sagte er mahnend. »Es kommt mir vor, als hätte ich die zwölf Aufgaben des Herkules verrichten müssen, um dich zu finden. Und ich weiß nicht, ob ich das gleiche noch einmal durchstehen könnte, falls du plötzlich erneut verschwunden wärest.«

»Ich ... ich werde da sein«, versprach Pandia. »Und gib acht, daß dir nichts zustößt auf dem Weg zum Vikariat.«

Sie dachte, daß ihre Worte ihn zum Lachen brächten, und so war es auch.

Dabei meinte sie es ernst.

Auch wenn er aus Mekka wieder herausgekommen war und schon so viele Gefahren in seinem Leben überstanden hatte, erfüllte sie eine entsetzliche Angst, sie könnte ihn verlieren.

Sie traute ihrem Glück noch nicht. Es erschien ihr so unfaßbar, was da plötzlich mit ihr geschehen war.

Konnte sich das Leben auf solche Weise ändern? In Sekundenschnelle, so als hätte jemand eine Geheimwand bewegt?

Erst als die Haustür hinter ihm zugefallen war, eilte sie in die Küche, um zu sehen, ob Nanny schon zurück war.

»Nanny, Nanny! Stell dir vor, ich heirate heute nachmittag!« rief sie aufgeregt. »Und ich bin so über alle Maßen glücklich, daß ich es fast nicht glauben kann!«

Nanny starrte sie an wie einen Geist.

Dann brach sie in Tränen aus.

»Ich hab' so sehr darum gebetet, Miß Pandia«, sagte sie. »Dennoch glaubte ich, Sie würden nie einen passenden Mann finden, wenigstens nicht in diesem verlassenen Nest, wo nie jemand sie zu Gesicht bekommt und nachdem Miß Selene allen erzählt hat, daß sie nicht mehr am Leben seien!«

»Ich lebe nicht nur, sondern ich bin der glücklichste Mensch auf Erden!«

Pandias Augen strahlten, und sie sah hinreißend aus.

Fassungslos schüttelte Nanny den Kopf, und immer noch rannen ihr die Tränen über die alten Wangen.

Nanny war ihre einzige Trauzeugin. Ergriffen beobachtete sie, wie Pandia an Lord Silvesters Arm durch den Mittelgang zum Altar schritt.

Der Vikar wartete bereits, und die Orgel spielte den Hochzeitsmarsch.

Pandias Herz zitterte vor Glück, und das schmale Kirchenschiff erschien ihr erfüllt vom Glanz des Himmels.

Sie trug ein Kleid, das ihre Schwester gewiß für eine Gartenparty oder einen anderen wichtigen Anlaß hatte anfertigen lassen.

Es war aus weißem Chiffon und besaß einen Besatz aus zarten Spitzen. Es wirkte so prächtig, daß Pandia die Schwester zu verstehen glaubte, wenn diese das Kleid nicht ein zweites Mal hatte tragen wollen.

Es war das schönste Kleid, das Pandia sich überhaupt vorstellen konnte.

Ein großer, breitrandiger Hut gehörte dazu. Doch Pandia hatte unter den Abendkleidern einen Kranz aus weißen Seidenblüten gefunden, und Nanny hatte ihr in aller Eile aus weißem Tüll einen Schleier genäht.

Das einzige, was fehlte, war der Brautstrauß. Um so gerührter war Pandia, als Lord Silvester aus der Kutsche, die ihn von London nach Little Barford gebracht hatte, eine Schachtel holte, in der ein Bouquet mit weißen Rosen lag.

»Wie konntest du so sicher sein, daß wir heute heiraten?« fragte sie ihn.

»Nachdem ich alles von dir erfahren und herausgefunden hatte, wo du lebst, konnte ich mir nicht vorstellen, warum du dich jetzt noch weigern solltest, meine Frau zu werden.«

Er hatte den Eindruck, daß der fragende Ausdruck immer noch nicht aus ihren Augen gewichen war, und fügte hinzu:

»Du siehst, Darling, daß ich an deiner Liebe zu mir nicht den kleinsten Zweifel hatte. Ich wußte, daß du mich liebst, so wie ich wußte und weiß, daß ich dich liebe.«

»Und was gibt dir diese Gewißheit?«

»Als ich dich zum erstenmal küßte, gabst du mir deine Seele. Und genau das war es, was ich mir immer gewünscht, aber noch von keiner Frau bekommen hatte.«

Sie schwieg, aber er erkannte den Ausdruck in ihren Augen und fügte hinzu:

»Du hast keinerlei Grund zur Eifersucht, mein Liebes. Natürlich hat es Frauen in meinem Leben gegeben. Frauen der unterschiedlichsten Hautfarbe und Nationalität, aber ich habe stets nur Ausschau gehalten nach der Frau, die die andere, bessere Hälfte meiner selbst ist. Glaub mir, ich sage die Wahrheit.«

Er lächelte liebevoll und fuhr fort:

»Mein Studium der alten Sprachen und Handschriften festigte die Gewißheit in mir, daß Männer zu allen Zeiten im Grunde nur danach auf der Suche waren und sind, obwohl sie nur selten einmal fanden, wonach es sie verlangte.«

Er küßte sie zärtlich, bevor er sagte:

»Schon als ich neben dir in der Kirche Platz nahm, wußte ich, daß ich die Frau gefunden hatte, die ich suchte.«

»Aber angenommen, ich wäre wirklich verheiratet gewesen – wie Selene? Was dann?«

»Dann hätte ich dich entführt wie Paris die schöne Helena. Deinetwegen hätte ich sogar einen Skandal in Kauf genommen oder einen Krieg entfacht.«

»Ich bin froh, daß – du das nicht tun mußtest. Aber ich frage mich immer noch voller Angst, ob ich dich wirklich heiraten soll.«

»Du hast gar keine Wahl!« antwortete er.

Als sie aus der Kirche zurückgekehrt waren und das Haus betreten hatten, hielt Lord Silvester plötzlich eine Flasche Champagner in der Hand und forderte Nanny auf, mit ihnen auf ihr Wohl anzustoßen.

»Sie haben mich sehr glücklich gemacht, Mylord«, sagte Nanny. »Ich habe mir immer große Sorgen um mein Baby gemacht. Dieses abgelegene Dorf ist nichts für ein Mädchen wie sie. Und doch war ich fest davon überzeugt, daß Gott meine Gebete eines Tages erhören und Pandia den Mann finden lassen würde, den sie verdient.«

»Ich zweifle daran, ob ich dieser Mann jemals sein werde«, sagte Lord Silvester, »aber Pandia und ich werden sehr glücklich miteinander sein. Und so, wie für sie als meine Frau nun ein neues Leben beginnt, wird es auch für dich sein, Nanny.«

Erstaunt sah Nanny ihn an, und er fuhr fort:

»Unsere Flitterwochen werden wir in Marokko verbringen. Ich möchte deshalb, daß du dieses Haus verschließt und alles, was Ihre Ladyschaft und natürlich du selbst benötigen, in unser neues Heim in Devonshire schaffst.«

»Meinen Sie damit – wirklich – Mylord – daß ich ...«

Er fiel ihr ins Wort.

»Natürlich meine ich das, Nanny! Und du darfst nicht vergessen, daß wir niemand anderem als dir die Einrichtung der Kinderzimmer überlassen möchten.«

Aus tränenverschleierten Augen sah Nanny glücklich zu ihm auf, und Pandia stieß einen leisen Schrei aus und barg ihr errötendes Gesicht an seiner Schulter.

Erst als Nanny in die Küche gegangen war, während ihr die Tränen immer noch über die Wangen liefen, sagte Pandia scheu:

»Wie konntest du so etwas Wundervolles zu Nanny sagen. Und bist du wirklich sicher...«

»Aber natürlich bin ich das«, erwiderte Lord Silvester unbeirrt. »Und deshalb müssen wir dafür sorgen, daß alle Vorbereitungen bezüglich der Vergrößerung unserer Familie getroffen sind und daß jemand da ist, dem wir unsere Kinder anvertrauen können, wenn wir zu neuen Horizonten aufbrechen und nach neuen Inspirationen suchen für die Bücher, die wir zusammen schreiben werden.«

»Das ist genau das, was sich Papa stets für mich gewünscht hat. Aber ich kann immer noch nicht glauben, daß es wahr ist, daß ich wirklich all die Stätten aufsuchen soll, von denen ich glaubte, daß ich sie nur in meinen Träumen sehen würde.«

»Du wirst sie mit mir durchstreifen, wirst dort wohnen und das Leben dort oft recht unbequem finden«, versicherte er ihr. »Aber gleichzeitig, mein Liebling, werden wir zusammensein.«

»Das ist alles, was ich mir erträume«, erwiderte Pandia. »O Silvester, wie war es nur möglich, daß ich dich finden durfte, daß du mich liebst und alles so vollkommen ist!«

»Ich fürchte, du hattest nicht viel Vertrauen zu den Fügungen des Schicksals, sonst hätte dein Instinkt dir sagen müssen, daß hinter jeder Ecke des Lebens eine Überraschung auf uns warten kann.«

Er lachte, bevor er hinzufügte:

»In all unserer Unwissenheit nennen wir es Schicksal, doch in Wahrheit ist es das Rad der Wiedergeburt und die unwiderstehliche Zauberkraft der Liebe.«

»Du sagst all die Dinge, die ich zu hören und zu verstehen wünsche!« sagte Pandia glücklich.

»Ich werde sie dich lehren - neben vielem anderen.«

Er küßte sie und sagte:

»Nun werde ich dich nach oben tragen, und nach all den Aufregungen und Geschehnissen der letzten Tage wird uns die gemeinsame Ruhe guttun, nicht wahr?«

Pandia errötete, und als Silvester sie auf die Arme nahm und die enge Treppe hinauftrug, flüsterte sie:

»Es kommt mir recht anstößig vor, mitten am hellichten Tag ins Bett zu gehen.«

Er lachte, und sein Lachen hallte fröhlich durch das kleine Haus.

»Nun bist du aber sehr englisch und sehr prosaisch, mein Liebling«, sagte er dann. »Aber ich hoffe doch, dein Vater wird dir erklärt haben, daß für die Ungarn und für viele andere Menschen auch die Liebe nicht an bestimmte Zeiten gebunden ist.«

Er preßte sie fester an sich und fügte hinzu:

»Liebende sollten sich lieben können, wann immer sie Lust dazu verspüren. Und ich möchte dich jetzt lieben. Jetzt, in diesem Augenblick. Und ich habe das Gefühl, Tausende von Jahren darauf gewartet zu haben.«

Sie waren auf dem ersten Stock angelangt, und Pandia öffnete die Tür zum Schlafzimmer ihrer Mutter.

Es war ein hübscher, lieblicher Raum und da sie sich vorhin dort für die Trauung umgezogen hatte, brannte ein Feuer im Kamin und verbreitete wohltuende Wärme.

Pandia dachte, daß der Raum genauso schön war wie der im Schloß, wo Silvester sie das erste Mal geküßt hatte.

Doch dann war es ihr unmöglich, an irgend etwas anderes zu denken, als an seine Nähe und daran, daß sie nun Mann und Frau waren und für immer zusammengehörten.

Silvester stellte sie auf die Füße, nahm den Kranz

und anschließend den Schleier von ihrem Kopf. Und als er die Nadeln aus ihrem Haar löste, fiel es schwer und voll über ihre Schultern.

Er zog sie an seine Brust, und sie fühlte, daß er damit begann, ihr das Kleid aufzuknöpfen.

»Du machst mich verlegen«, hauchte sie.

»Ich mag es, wenn du verlegen bist.«

Ihr Kleid glitt zu Boden, und das Gesicht an seine Brust gepreßt, murmelte sie:

»Bitte, schau mich nicht an!«

»Aber ich will dich anschauen! Will dich berühren und deinen Leib überall mit Küssen bedecken.«

Die Leidenschaft in seiner Stimme raubte ihr den Atem.

Als er sie dann erneut auf seine Arme nahm und sie zum Bett trug, durchlief ein Zittern ihren Körper. Wild, unkontrollierbar und erregend. Und als er sie dann in die Kissen bettete und sich über sie beugte, glaubte Pandia, in einem Taumel des Glücks und der Lust zu versinken.

Lange Zeit später, draußen war es bereits dunkel geworden, und nur der warme Schein des Kaminfeuers erleuchtete den Raum, fragte Pandia mit flüsternder Stimme:

»Liebst du mich – jetzt auch noch?«

»Diese Frage sollte ich dir stellen, mein Darling«, erwiderte er. »Was mich betrifft, so bete ich dich an, noch tiefer und stärker als zuvor. Und ich muß bekennen, daß ich es nie für möglich gehalten hätte, einmal so glücklich zu sein wie in diesem Augenblick.«

»Ich habe dich – wirklich glücklich gemacht?«

»So glücklich, daß ich fast Angst habe, die Götter

könnten mir mein Glück neiden und dich wieder auf den Olymp zurückrufen.«

»Das wird nie geschehen«, versprach Pandia. »Ich werde es nicht zulassen. Überdies weiß ich nun, daß ich keine Göttin bin, sondern eine Menschenfrau - obwohl ich in einer Art Himmel lebe. In dem Himmel, den du mir bereitet hast.«

»Das hast du wundervoll gesagt«, erwiderte Silvester. »Aber nun möchte ich dir die gleiche Frage stellen: Habe ich dich glücklich gemacht?«

»Glücklich ist nicht das richtige Wort«, antwortete Pandia. »Du hast mir die Sterne vom Himmel geholt, du hast mich in ihren Glanz eingehüllt. Ich habe den Mond geküßt und die Hitze der Sonne gespürt. Ich bin in die Tiefen des Ozeans hinabgetaucht und habe tief auf dem Grund des Meeres dich gefunden.«

Sie sprach mit einer atemlosen kleinen Stimme, deren Ergriffenheit ihm nicht entging.

Und so leise, daß er sie kaum verstehen konnte, fügte sie hinzu:

»Ich wußte nicht, daß die Liebe so etwas Wundervolles ist. Jetzt verstehe ich, weshalb die Götter auf die Erde kamen, um wie Menschen zu lieben.«

»Das ist es, was ich dir begreiflich machen wollte, mein Liebling«, sagte Silvester. »Dabei stehen wir noch ganz am Anfang. Es gibt noch so unendlich vieles, was ich dich über die Liebe lehren werde.«

Seine Lippen wanderten über ihre Stirn, während er sprach. Plötzlich ließ er ein leises Lachen hören.

»Wie konntest du nur glauben, die Rolle einer verheirateten Frau spielen zu können, wo du doch so rein, so unschuldig und unerfahren warst.«

»Ich hoffte, niemand würde es bemerken - jedenfalls

so lange nicht, bis jemand versuchte, mich zu küssen, wie du es getan hast.«

Noch während dieser Worte erinnerte sie sich daran, daß der Earl sie nicht nur hatte küssen, sondern auch mit ihr hatte schlafen wollen, und ein jäher Schauder überlief sie.

Als könnte er ihre Gedanken lesen, sagte Silvester: »Das genau ist es. Und aus diesem Grund, mein Liebstes, wirst du nie wieder versuchen, mich oder einen anderen Menschen zu täuschen. Und nie, nie wieder wirst du etwas tun, was deine Schwester von dir verlangt! In meinen Augen ist es höchst verabscheuenswürdig und unverantwortlich, daß sie eine derartige Bitte an dich stellte.«

»Sie hat mich doch nur gebeten, an ihrer Statt an der Beerdigung teilzunehmen.«

»Wo ich auf dich wartete.«

»Wie hätte ich vermuten können, daß du es wagen würdest, in mein Schlafzimmer einzudringen.«

Er drehte sich um, so daß er auf sie niederblicken konnte.

Sie lag vor ihm in den Kissen, die Haare aufgelöst wie in der Nacht auf dem Schloß, die Augen, leuchtend im warmen Schein des Feuers, hingebungsvoll zu ihm erhoben.

»In dem Augenblick stand es für mich bereits unerschütterlich fest, daß du die Meine würdest«, sagte er. »Gleichgültig, wie lange es dauern und wie groß die Hindernisse sein würden, die sich mir in den Weg stellten.«

»Hast du das wirklich gedacht? Als ich dich fortschickte, fürchtete ich, dich für immer verloren zu haben.«

»Wenn man sich etwas wirklich wünscht«, sagte Silvester, »können nicht einmal die Götter uns daran hindern, es zu bekommen. Ich wollte dich haben, und ich war entschlossen, wenn es sein mußte, die ganze Welt zu opfern, um dich zu gewinnen.«

»O Darling, ich bin ja so froh!« rief Pandia mit zitternder Stimme. »Allein der Gedanke, du hättest mich für eine verheiratete Frau gehalten und wärst ohne mich nach Marokko gereist, ist die Hölle. Ich hätte mir das Leben genommen. Es wäre unerträglich gewesen, mit dem Bewußtsein zu leben, daß du mich vergessen hättest!»

»Ich hätte dich nie vergessen!« beteuerte er. »Und wie die Götter würde ich nichts unversucht gelassen haben, um dich zu gewinnen. Selbst vor Gewaltanwendung oder Entführung wäre ich nicht zurückgeschreckt!«

Pandia lachte.

Dann sah sie am Ausdruck seines Gesichtes, wie ernst ihm seine Worte gewesen waren. Die ganze Tatkraft und Entschlossenheit, zu denen er fähig war, sprachen daraus. Und wieder leuchtete in seinen Augen ein wildes, alles verzehrendes Feuer. Sie verspürte das harte Pochen seines Herzens, als er sie voller Verlangen an sich preßte.

Pandia stieß einen kleinen spitzen Schrei aus. Auch in ihr begann jenes Feuer aufs neue zu lodern, das Selene als das Geschenk ihres ungarischen Vaters bezeichnet hatte. Heiß pulsierte das Blut in ihren Adern, und ein roter Schleier sank vor ihren Augen nieder.

Die Lippen ihres Mannes preßten sich auf die ihren, und während sie fühlte, wie ihr ganzer Körper sich ihm bedingungslos und voller Hingabe entgegendrängte,